D1691498

Geest – Verlag

Die Deutsche Bibliothek – CIP Einheitsaufnahme

Dann kam ein neuer Morgen.
Kinder und Jugendliche über ihre Zukunft zwischen den Kulturen
Friederike Köster, Artur Nickel (Hg.)
Vechta: Geest-Verlag, Vechta-Langförden 2006

© 2006 Geest, Vechta, Lernwelt Essen
Verlag: Geest-Verlag, Lange Straße 41a, 49377 Vechta-Langförden

Herausgeber: Friederike Köster (Lernwelt Essen), Artur Nickel
Redaktion/ Lektorat: Artur Nickel, Friederike Köster, Sabine Schnick
Druck: Geest-Verlag

Alle Rechte vorbehalten

ISBN 978-3-86685-031-6

Printed in Germany

(Hg.) Friederike Köster
Artur Nickel

Dann kam ein neuer Morgen

Kinder und Jugendliche
über ihre Zukunft
zwischen den Kulturen

Ein Lesebuch der Lernwelt Essen

Inhaltsverzeichnis
Vorwort 9
Einführung 11

1. Wenn wir schon von morgen sprechen 15

Verena Fydanidi	morgen	17
Chaymae Rhamsoussi	zukunft	19
Virginia Spauszus	Die Menschen prägen den Morgen	20
Michaela Brähler	Den Morgen leben	21
Dakmar Nicowa	Man kann noch etwas ändern	22
Matthias Dunke	Heute ist jetzt und morgen noch unentdeckt	23
Nisha Kumar	Sorgen vor dem Morgen	24
Michael Erdinc	Der richtige Weg ins Morgen	25
Nils Kraft	Kein Kompass	26
Fiarid Dia	Fragezeichen hinter unserem Leben	27
Hanaa Hajjam	Schätze das Heute, damit du das Morgen genießen kannst	29

2. Das ist ja vielleicht ein Morgen! 31

Veronika Effling	es ist noch alles dunkel und kalt	33

Tanja Ivancenko	Man hasst das Gefühl	35
Anna	Wir krochen aus den	
Skorobogatova	nassen Schlafsäcken	37
Michael Wilting	die wirklichkeit	40
Naomi Dietrich	Ich nehme mir morgen frei	41
Vanessa Meier	Soll das alles gewesen sein?	44
Thomas Perschk	Peace out	46
Simon Koch	Ein ganz normaler Samstagmorgen	50

3. Zwischen gestern und übermorgen 55

Philipp Giese	Meine neue Schule	57
Fatih Basaran	In der Türkei war alles anders	59
Batscho Brojan	Habe mich schon dran gewöhnt	60
Dalia Muhssin	Neue Freunde	61
Marvin Bolten	Das Beste aber kam noch	62
Elena Pluskota	Die Achterbahn	64
Hadel Al Shahwani	warum	66
Annika Conrad	die andere welt	68
Kathrin Gerwarth	Die Luft zum Atmen	70
Julia Wenzel	erinnerungen an morgen	73
Yovoka Homekpo	Lesen kann ich ein bisschen	76
Christian Schwartz	Als sich alles änderte	77
Melissa Meinhard	Was uns bleibt	78

Gina Kaulfuß	Es war einmal	80

4. Grenzerfahrungen 81

Julia Wenzel	Man weckte mich mitten in der Nacht	83
Alina Poerz	Eines der kostbarsten Geschenke der Welt	87
Sandra Matumona	Hier ist mein Zuhause	89
Jasmin Kala	Ich bin die Drittälteste	91
Narges Shafeghati	Die Zukunft bringt Früchte – ich säe den Samen dafür	93
Kerstin Wüsten	Das tiefe Loch	98
Kim Schneider	Sie nahm mich in den Arm und drückte mich	100
Vanessa Meier	Wut, Angst und Schmerz sind geblieben	103
Cüneyt Gezer	Ich werde ihn wiedersehen	105
Denise Schrade	Das letzte Mal	106
Anna Marcinkowski	Die einzige Möglichkeit	109

5. Abschied von der Zukunft? 113

Hassan Ziad Ody	Ich musste sie alle vergessen	115
Kimete Gaja	Deutschland ist meine Heimat	116
Antonius Telikostoglu	Sven	119
Manal Santal	Der dunkle Schatten	120

Azar Talib	Komm zurück	123
Komba Okalo	Ich habe noch einen Traum	124
Veronika Slabu	der zug der zeit	126

6. Blick nach vorn 127

Anja Hilser:	Man könnte optimistisch an morgen denken	129
Isabel Lüdtke	Ich bin Nummer 101-570	130
Sebastian Rose	Ich freute mich auf die Schule und die Mathearbeit	136
Bastian Breil	Jetzt bin ich der Herrscher	141
Denise Schrade	Was uns wirklich erwartet	143

7. Wünsch dir was 145

Gina Kaulfuß	Ich will etwas Wahres	147
Laura Fahrenholt	Eigentlich ganz einfach	148
Jasmin Otto	sonnenaufgang	149
Alisha Wessel	Mein erster Gedanke	150
Derya Dülger	bir sehir istiyorum	151
Derya Dülger	(Übersetzung) Ein Land für mein Morgen	152
Stefan Thoß	Mein perfekter Morgen	153
Yonca Yildiz	Wie wichtig das Leben ist	155

Ufuk Yilmaz und Kübra Savasan Rabih Semmo	Auch Freundschaft ist wichtig im Leben Im Bewusstsein einer besseren Zukunft leben	157 158
Rabih Semmo	Noch eine Geschichte	160
Derya Dülger	Meine Zukunftspläne und ich	161
Christina Giese	Nicht nur während der WM	164
Inga Eggert	Der Morgen ist ein Geschenk	166
Sascha Brandt und Florian Stadie:	Wir sollten alle an einem Strang ziehen	169

8. Nachbetrachtung 173

Artur Nickel	„Wir sollten alle an einem Strang ziehen!" Kinder und Jugendliche über ihr Morgen zwischen den Kulturen	175

Dank 192

Anhang 193
Die Herausgeber 193
Die Autorinnen und Autoren 194

Vorwort

Liebe Leserinnen, liebe Leser,

die Zukunft von Kindern und Jugendlichen ist vielfach Thema von soziologischen, pädagogischen und politischen Abhandlungen, in denen Erwachsene Zukunftsentwürfe für Kinder entwickeln. In diesem Buch ist es anders. Kinder und Jugendliche kommen selber zu Wort und schreiben ihre Entwürfe für ihre Zukunft auf.
„Dann kam ein neuer Morgen" schließt damit an das Vorgängerbuch „Fremd und doch daheim!?" an, in dem Kinder und Jugendliche Texte über ihre Lebensrealität zwischen den Kulturen verfassten. Dieses erste Lesebuch ist in der Zwischenzeit weit über Essen hinaus bekannt geworden, es hat in zahlreichen Lesungen und Diskussionen inner- und außerhalb der Stadt bereits eine wichtige Rolle gespielt.
Von dieser Beschreibung der Gegenwart ausgehend wurden hier geborene und zugewanderte Kinder und Jugendliche aus Essen gebeten, ihre Perspektiven, Ängste, Sehnsüchte und Hoffnungen an ihr Morgen aufzuschreiben. Eine Auswahl der eingegangenen Beiträge wird nun in diesem Buch veröffentlicht, das auch ein Beitrag für die Stadt Essen auf dem Weg zur Kulturhauptstadt 2010 sein möchte.

Kinder und Jugendliche mit und ohne Migrationshintergrund haben sich in literarischer Weise geäußert, sie sprechen sich aus für einen menschlichen Umgang miteinander. Damit unsere Gesellschaft Zukunft gewinnt, ist es an der Zeit, in einen Dialog mit den Kindern und den Jugendlichen zu kommen. Es ist notwendig, sich mit ihren Lebenssituationen auseinander zu setzen – unvoreingenommen und tolerant. Wie sie sich darüber äußern, ist sehr eindrucksvoll. Wir als Erwachsene, als Verantwortliche in Politik, Kirche, Verwaltung und Wirtschaft, können und müssen aus den Beiträgen der Kinder und Jugendlichen lernen.

Dr. Oliver Scheytt
Beigeordneter der Stadt Essen
Moderator der Ruhr 2010 GmbH

Willi Overbeck
Sozialpfarrer,
Ev. Stadtkirchenverband Essen

– gemeinsame Federführung KulturLernwelt –

Einführung

Ein neuer Morgen? Was verbinden wir mit dieser Vorstellung? Etwas Positives oder etwas Negatives? Wofür steht sie? Für den Aufbruch in eine hoffnungsvolle, selbstbestimmte Zukunft oder für einen weiteren Tag in Unsicherheit und Mutlosigkeit? Freuen wir uns auf ihn oder sehen wir ihm mit Sorge entgegen?
Für Kinder und Jugendliche ist die Vorstellung eines neuen Morgens besonders wichtig. Sie haben ja, wie man so schön sagt, die Zukunft noch vor sich. Oder? Wie stellt sich ihre Situation in Deutschland dar? Ist sie anders als in Frankreich, das gerade erst von heftigen Jugendunruhen erschüttert wurde? Wie hat sie sich nach dem Bildungsdesaster, das die erste internationale Vergleichsstudie PISA im Jahre 2000 aufgedeckt hat, entwickelt? Was ist mit den Migrantenkindern und den Kindern aus sozial schwachen Schichten, die ja noch immer mehrheitlich zu den Verlierern unseres Bildungssystems gehören?
Die KulturLernwelt Essen und der Geest-Verlag in Vechta haben diese Fragen nach dem neuen Morgen zum Ausgangspunkt einer Ausschreibung gemacht. Alle Kinder und Jugendlichen im Alter von zehn bis zwanzig Jahren, die in Essen leben, wurden im Frühjahr 2006 aufgerufen, sich dazu zu äußern und Texte zu dieser Thematik zu verfassen. Es ist nach dem überwältigenden Erfolg

von *Fremd und doch daheim?!* das zweite Buchprojekt, das sie gemeinsam starteten. Und so stapelten sich nach kurzer Zeit wieder die Briefe, so viele hatten etwas mitzuteilen und wollten sich an dem Projekt beteiligen. Die einen äußerten sich hoffnungsvoll und zupackend, die anderen eher vorsichtig und nachdenklich, wieder andere so, als hätten sie ihre Zukunft bereits hinter sich. Ein Stimmungsbild also, je nach dem, in welcher Situation sie sich gerade befanden.

Die wichtigsten und interessantesten Beiträge liegen nun in diesem zweiten Lesebuch der Lernwelt Essen gesammelt vor. Sie geben Auskunft darüber, wie die jungen Autorinnen und Autoren ihr Morgen sehen. Im ersten Kapitel beschreiben sie, was dieses Morgen auszeichnet und wie sie zu ihm stehen. Im zweiten schildern sie den Beginn eines neuen Tages und was er für sie bedeutet. Im dritten richten sie den Blick nach vorn, indem sie über einen persönlichen Neuanfang berichten, den sie erlebt haben und der ihnen wichtig ist. Im vierten setzen sie sich mit Erfahrungen auseinander, die sie bis an die Grenzen ihrer bisherigen Existenz geführt haben, die sie aber bewältigen konnten. Auch im fünften Kapitel beschreiben sie Grenzerfahrungen, doch scheint hier ein existentielles Scheitern zu drohen, das die Zukunft verbaut. Im sechsten wiederum richten die jungen Autorinnen und Autoren ihren Blick in die Zukunft, indem sie konturenhaft darlegen, wie sie sich ihre zukünftige Welt vorstellen. Im siebten schließlich äußern sie sich darüber, was sie sich wünschen, um eine selbstbestimmte und sinnstiftende Zukunft gewinnen zu können. Eine erste Auswertung der Texte rundet die Anthologie ab.

Dann kam ein neuer Morgen ist wie *Fremd und doch daheim?!* ein Buch, das Auskunft darüber gibt, wie sich Kinder und Jugendliche fühlen. Das mitteilt, was sie auszeichnet und wo sie sich gerade auf dem Weg in die Zukunft befinden. Das aufzeigt, was sie bereits erreicht haben und was sie noch daran hindert, ihr Morgen zu ergreifen. Es ist eine Standortbestimmung aus Essen, die aber Einblick gibt, wie sich Kinder und Jugendliche in Deutschland insgesamt sehen. Ein Lesebuch also, das es in sich hat.

Friederike Köster
Artur Nickel

1. Wenn wir schon von morgen sprechen

Morgen

Morgen, *i avriani imera*, was ist das?
Ist das ein neuer Zeitabschnitt?
Ein Zeitabschnitt, *mia stigmi*,
der von Sekunde zu Sekunde kleiner wird?
Ist das eine Minute,
eine Minute, *exinda thefterolepta*,
von einer Stunde meines Lebens?

Morgen, was kann das sein?
Kann das ein neuer Zeitabschnitt sein?
Ein Anfang, *mia archi*,
eines besseren Daseins?
Kann das Hoffnung sein, *i tharos*?
Hoffnung auf Integration und allseitige Gemeinschaft,
die die Menschen weiterleben lässt?

Was passiert an diesem Morgen?
Bestimmen wir das Morgen?
Bestimmt das Morgen über uns?
Nein, wir entscheiden!
emis apofasisume!
Die Entscheidung, *o psifos*,
über unser Leben!

Denn wir sind das Leben, *sto avrio*,
jeder einzelne von uns, *oli*,
jeder einzelne, *kathe enas*,
jeder ist ein Haar im Pinsel,
im Pinsel, *molivi*,
der das Lebensbild färbt.
Welche Farben trägt es morgen?

Verena Fydanidis (13 Jahre)

zukunft

keiner kennt sie
und keiner weiß
wie sie ist
ist sie nett
oder bekannt

und wenn ...
in welchem land
kann man sie sehen
oder verstehen
wenn ja warum ich

dann nicht
sag mir
den grund
sonst
schlafe ich nicht

Chaymae Rhamsoussi (11 Jahre)

Die Menschen prägen den Morgen

Wann beginnt ein neuer Morgen? Durch was und durch wen wird er geprägt?

Morgens geht die Sonne auf. Die Vögel fangen an zu zwitschern, doch von Person zu Person ist der Morgen anders.

Für manche ist er gut, weil die Sonne scheint und der Himmel in einem Blau erscheint, das alles Positive unterstützt und sie neue Lebenskraft schöpfen können.

Für andere ist er schlecht. Es regnet, stürmt und schneit. Der neue Morgen macht sie traurig, sie schöpfen keine neue Lebenskraft. Ihnen erscheint das Leben aussichtslos und überflüssig.

Doch selbst der Tod kann für einen neuen Morgen stehen. Angehörige werden vom Leiden befreit. Sie können anfangen, den neuen Morgen zu genießen.

Der Morgen kann also negativ und positiv sein. Die Menschen sind diejenigen, die diesen Morgen prägen. Sie leben mit ihm und müssen sehen, wie sie mit ihm leben können.

Virginia Spauszus (18 Jahre)

Den Morgen leben

Was bedeutet ein neuer Morgen? So recht festlegen kann man das nicht. Unter anderem kann ein neuer Morgen Ungewissheit, Zukunft, Veränderung oder auch Erkenntnis bedeuten.
Oft gibt es Menschen, die dem Morgen mit Ungewissheit entgegentreten. Diese Menschen sind voller Ängste und haben oft persönliche Probleme. Sie wissen nicht, was ihnen der Morgen bringt. Sie können nicht in die Zukunft schauen, da der neue Morgen von dem dunklen Gestern überschattet wird.
Ich sehe den neuen Morgen aus Gottes Hand, geschaffen für mich und alle Menschen. Der neue Morgen kann für jeden eine neue Chance und auch ein neuer Anfang sein.
Jeden Tag stehe ich auf und gehe meinem Alltag und meinen Verpflichtungen nach. Freude und Leid sind dabei meine Wegbegleiter, das ist mir bewusst. Dennoch nutze ich jeden neuen Tag, die Sonne, das Licht und die Wärme, aber irgendwie auch den Regen und den Wind. Für mich ist das alles ein Geschenk. So lebe ich den neuen Morgen, als wäre es mein letzter. Er ist mir zur Freude gegeben.
So lasse schlechte Erfahrungen hinter dir und schaue mit dem neuen Morgen in die Zukunft!

Michaela Brähler (19 Jahre)

Man kann noch etwas ändern

Morgen bedeutet Zukunft.
Morgen bedeutet noch nicht da.
Morgen bedeutet Chancen.
Morgen bedeutet Familie.
Morgen bedeutet Arbeit.

Die Zukunft ist wichtig,
also auch der Morgen.

Was noch nicht da ist, in der Zukunft liegt,
kann man noch ändern.

Neue Chancen hat man,
wenn der Morgen kommt.

Eine Familie kann man in der Zukunft gründen,
eine Familie kann man morgen sein.

Geld verdienen, um die Familie zu ernähren,
kann man, wenn man erwachsen ist.

Morgen.

Dakmar Nicowa (18 Jahre)

Heute ist jetzt und morgen noch unentdeckt

Ein neuer Morgen. Ein Morgen wie gestern. Ein Morgen wie heute. Ein Morgen wie übermorgen. Ein Morgen wie immer. Ein Morgen mit Sorgen. Ein Morgen voller Hoffnung. Ein schöner Morgen. Ein trüber Morgen.
Was heißt eigentlich morgen?
Heißt morgen nicht eigentlich heute?
Heißt heute nicht eigentlich morgen?
Was ist es eigentlich?
Morgen ist gestern, heute und übermorgen zugleich, ganz zu schweigen von vorgestern.
Was kann man schon von morgen sagen? Zum größten Teil ist morgen wie gestern, ein Tag wie jeder andere. Oder doch ein neuer Tag? Ein neuer Morgen ohne Alltag oder Zwang?
Vielleicht ist morgen ja ein schrecklicher, einsamer oder sogar letzter Morgen. Denn heute ist jetzt und morgen noch unentdeckt. Wer kann schon sagen, was morgen ist? Natürlich kann man Vermutungen darüber anstellen. Es kann sein wie immer, aber auch anders. Ist das nicht erschreckend?
Ist der Morgen etwas Positives oder fürchten wir uns vor ihm, vor dem Neuen, das nahezu vorbestimmt, unausweichlich, aber doch unbekannt ist?

Matthias Dunke (20 Jahre)

Sorgen vor dem Morgen

Was wird MORGEN?
Was werde ich MORGEN?
Was erwartet mich MORGEN?
Was erreiche ich MORGEN?
Was kann ich MORGEN?

Ach, denke nicht an MORGEN,
denn an MORGEN zu denken,
bereitet nur Sorgen!

Nisha Kumar (19 Jahre)

Der richtige Weg ins Morgen

Was morgen geschieht,
das weiß ich nicht.
Was morgen geschieht,
das weiß keiner.
Was soll nun getan werden,
um ein gutes Morgen zu erleben?
Sollen wir handeln,
wie es uns gesagt
und vorgeschrieben wird?
Oder sollen wir
nach eigenem Gefühl handeln?
Was ist der richtige Weg?
Gibt es denn den einen
richtigen Weg?
Nein!!!
Den richtigen Weg muss jeder
für sich selbst bestimmen!

Michael Erdinc (19 Jahre)

Kein Kompass

Was ist bloß Morgen?
Vergess´ ich Kummer und Sorgen?
Weiß ich, wie es wird?
Bin ich morgen glücklich?

In Zukunft wird es besser!
In Zukunft wird es schön!
Gibt es Schicksal?
Wird das Leben beeinflusst?

Keiner weiß, was morgen wird!
Keiner weiß, ob du morgen stirbst!
Niemand weiß, ob du lachst oder weinst!
Ob du morgen ruhig bist oder schreist?

Es gibt keinen Kompass für das Leben!
Keinen Plan für deinen Weg!
Klar ist nur: Morgen ist ein Tag,
an dem du gewinnst oder verlierst!

Nils Kraft (19 Jahre)

Fragezeichen hinter unserem Leben

Morgen. Was ist das? Ist das der Tag nach dem Heute oder der Tag vor dem Übermorgen? Was erwartet mich morgen? Führe ich das weiter, was ich heute beginne? Oder beginne ich morgen etwas, was ich übermorgen weiterführen werde? Weiß ich denn heute wirklich, was ich morgen mache oder stehe ich morgen auf und mache etwas Unerwartetes? Oder plane ich etwa heute meinen Morgen und den gesamten Tag? Kann ich den Tag überhaupt so planen oder muss ich nicht doch wieder neu einen unregelmäßigen Tag überstehen, von dem ich überhaupt nicht weiß, was er mir bringt?

Soll ich mir heute schon Gedanken über meinen Morgen machen oder ist das für die heutige Zeit schon zu weit gedacht? Muss ich nicht bei aller Gewalt, die heutzutage herrscht, damit rechnen, dass ich meinen morgigen Tag anders erlebe, als ich es gewohnt bin? Oder muss ich bei all den Anschlägen und terroristischen Machenschaften, die es gibt, davon ausgehen, dass es keinen Morgen mehr für mich gibt?

Vielleicht wird auch ein Atomkrieg dafür sorgen, dass wir alle keinen Morgen mehr erleben? Oder wird dieser Morgen gar von der Natur beeinflusst? Vielleicht trifft uns ein Erdbeben oder ein

Tsunami so schwer, wie es 2004/2005 in Thailand oder Indonesien war? Wer weiß schon, was uns der Morgen bringt?

Hinter unserem ganzen Leben stehen große Fragezeichen, weil wir ständig von Faktoren in unserem Leben beeinflusst werden, die von außen auf uns einwirken. Deshalb sollte man das Heute genießen, bevor man sich den Kopf über den nächsten Morgen zerbricht, ohne zu wissen, was er bringt. Denn hinter jedem neuen Morgen stehen noch mehr Fragezeichen.

Fiarid Dia (19 Jahre)

Schätze das Heute, damit du das Morgen genießen kannst

Was ist der Morgen? Der Zeitpunkt, wenn die Sonne strahlt und es ein guter Tag wird? Oder wenn es regnet und der Tag schlecht wird? Ist es der Zeitpunkt, wenn ich glücklich in einer neuen Umgebung aufwache und merke, was ich von ihr habe, oder der, wenn mir alles durch den Kopf geht?

Jeder Mensch empfindet den Morgen anders. Er fühlt ihn anders, er schmeckt ihn anders, ja, er genießt ihn einfach anders. Ich empfinde ihn immer als einen Weg in ein neues Abenteuer. Ein Abenteuer wie an meinem ersten Schultag. Ein Abenteuer wie bei meinem ersten Flug in meine Heimat Tunesien. Oder ist dieser Morgen vielleicht – später – ein neuer Tag in einem neuen Leben? Vielleicht in der Liebe? Beim ersten Kind?

Ich fühle den Morgen selten. Nur, wenn ich wieder in meiner Heimat bin. Dann wache ich auf und merke, dass ich nicht zu Hause in Essen bin. Ich freue mich, da ich dann weiß, dass ich mal wieder bei meiner Familie bin.

Ich möchte später einen erfüllten Morgen haben. Aufwachen, wissen, dass ich eine eigene Familie habe, und dafür Gott danken. Vielleicht hier in Essen, vielleicht in meiner Heimat, vielleicht aber auch ganz woanders.

Ich wünsche mir, dass die Menschen den Morgen viel mehr schätzen. Denn man schätzt selten das, was man schon hat.

Hanaa Hajjam (15 Jahre)

2. Das ist ja vielleicht ein Morgen!

es ist noch alles dunkel und kalt

die sonne geht auf und
ich fange an zu lachen
alles ist vorbei
alles ist überstanden
alles war dunkel und kalt

die sonnenstrahlen wärmen mein gesicht und
ich schließe meine augen
keine angst
keine sorgen
keine tränen

die wiese die ich unter meinem körper spüre
ist angenehm kühl
nie mehr müssen
nie mehr pflichten erfüllen
nie mehr streiten

doch da meldet sich eine stimme
WACH AUF
es ist noch nichts VORBEI
es ist noch nichts ÜBERSTANDEN
es ist noch alles DUNKEL und KALT

es gibt noch ANGST
SORGEN und TRÄNEN
das MÜSSEN die PFLICHTEN
und das STREITEN
WACH ENDLICH AUF

meine augen
öffnen sich
und
ich fange an
zu lachen

Veronika Effling (17 Jahre)

Man hasst das Gefühl

Man hasst das Gefühl,
keinen Grund zu haben,
MORGENS aufzuwachen!
Man hasst es überhaupt
aufzuwachen.
Man hasst es aber auch
einzuschlafen,
denn man hat Angst
vor dem MORGIGEN Tag!

Man weiß nie,
was am nächsten MORGEN passiert,
denn das Schicksal ist schneller!
Man bildet sich ein,
MORGEN wird alles besser,
doch meistens wird es schlimmer.
Dann fragt man sich:
Wofür gibt es
ein MORGEN?

Doch irgendwann gibt es einen Tag,
der wunderschön ist,
an dem man gute Laune hat,
an dem man jemanden kennen lernt.
Dann will man nur noch einschlafen,
aufwachen und den Tag genießen!
Alles will man zusammen unternehmen!
Man ist verliebt und kann gar nicht mehr schlafen!
Man freut sich auf den nächsten MORGEN!

Freut man sich zu sehr,
passiert etwas,
ohne dass man damit rechnet.
Dann fängt es wieder von vorne an!
Man hasst das Gefühl,
keinen Grund zu haben,
MORGENS aufzuwachen ...
Das ganze Leben besteht aus
solchen MORGIGEN Tagen!!!

Tanja Ivancenko (15 Jahre)

Wir krochen aus den nassen Schlafsäcken

Auf den steilen Hängen lagen lange blasse Nebelstreifen, die Gipfel versteckten sich noch hinter den Wolken, und der Fluss unten donnerte, gestärkt vom nächtlichen Gewitter. Wir krochen aus den nassen Schlafsäcken und freuten uns über die ersten Sonnenstrahlen. Die Nacht war endlich vorbei, es war der Anfang einer Alpenwanderung. Jeder Schritt versprach mir, etwas Neues zu bringen. Wie auch sonst im Leben, denn es ist ja auch eine Wanderung.
Wie wertvoll zufällige Bekanntschaften werden können, kann man nur vermuten. Ich weiß nicht, ob die Menschen, die ich jetzt als Freunde bezeichnen kann, verstehen, wie wichtig es für mich damals war, von ihnen als „Kollege" und „Mitspieler" betrachtet, weder neutral, noch betont rücksichtsvoll behandelt zu werden, und ob sie eine Vorstellung davon hatten, wie sehr ich ihr Vertrauen rechtfertigen wollte. Ich verbrachte sehr anspruchsvolle, aber unvergessliche Tage in einem Ferienlager in Bayern, wo ich nicht nur Erfahrungen sammelte, sondern auch die Schönheit der deutschen Natur kennen lernte.
Damals wurde mir klar, dass der Stress der ersten Monate in Deutschland vorbei war. Für jeden ist die erste Zeit im Ausland unruhig, egal, in welchem Alter man ist. Das ist normal: Ein Umzug in ein Land, das Tausende Kilometer von der

Heimat entfernt liegt, kann nicht unbemerkt an einem vorbeigehen. Umso glücklicher ist man, wenn man mit der eigenen Seele sagen kann: Ich fühle mich da wohl. Dieses Land ist freundlich zu mir. Ich habe in ihm Freunde gefunden und Dinge erlebt, die ich so schnell nicht vergessen werde. Schließlich habe ich von ihm aus auch einige andere Länder Europas besucht. Ist das nicht genug? So schön war aber nicht alles. Ich war wirklich gekränkt, als ich einmal in der Schule in Russisch nur eine Zwei bekommen habe. Es ist überflüssig zu sagen, dass ich in dieser Sprache, meiner Muttersprache, sehr gut bin und auch früher darin immer die beste Note gehabt habe. Meine Kenntnisse der Sprache und der Literatur sollten damals dem Niveau einer Klausur angepasst werden. Als ob man von einem ganzen Eisberg nur den Teil sehen wollte, der über Wasser lag! Bedeutet das, dass manche uns zeigen wollen, wie wenig wert wir sind? Hoffentlich nicht! Glücklicherweise habe ich eine andere Möglichkeit gefunden, an die Universität zu gelangen, und habe sie genutzt. Dabei habe ich auch andere Ausländer kennen gelernt, die den Traum haben, in Deutschland Medizin zu studieren. Man versteht seine Lage viel besser, wenn man andere kennt, die in einer ähnlichen sind. Trotz der vielen Prüfungen ist dieser Weg bisher ein

guter gewesen. Unsere deutschen Lehrer bringen uns nicht nur Naturwissenschaften, sondern auch Toleranz, Offenheit und Optimismus bei. Für mich ist das alles sehr interessant.
Die Zeit vergeht. Wir werden älter und lernen, die zwei Kulturen, die wir in uns tragen, nicht gegenüber, sondern nebeneinander zu stellen. Alles ist möglich, wenn man daran glaubt. Für meinen Lebensweg besonders wichtig sind die folgenden Worte: Wo kämen wir hin, wenn alle sagten: „Wo kämen wir hin?", und niemand ginge, um zu schauen, wohin man käme, wenn man ginge? Alles Gute!

Anna Skorobogatova (19 Jahre)

die wirklichkeit

eines tages
das war noch klar
war ein neuer morgen da
alles war anders
doch ich wusste nicht
wie was wo und wann es geschah
die blumen die wolken
der himmel das meer
alles gefiel mir irgendwie sehr
alles war friedlich alles war still
kein krieg kein kampf kein ärger
alles was die menschheit will
da klingelte mein wecker
nur ein schöner traum
und wieder nur gemecker

Michael Wilting (17 Jahre)

Ich nehme mir morgen frei

9.00 Uhr
Aufgestanden, zwei Stunden zu spät. Verdammt, meine Mutter macht mir die Hölle heiß!

10.00 Uhr
Auf dem Weg zur Schule. Festgestellt, dass die Spanisch-Hausaufgaben fehlen. Begründung: Ich kann kein Spanisch. Ich konnte es noch nie. Werde es nie können. Lösung: Keine. Folge: Anschiss, Einreden eines schlechten Gewissens seitens der Lehrerin.

12.00 Uhr
Feststellung: Auch keine Deutsch-Hausaufgaben. Lösung: Erstens: abschreiben; zweitens: selber machen; drittens: beichten. – Entschlossen, sie selber zu machen. Funktionierte nicht. Lehrer schlich sich von hinten an.

13.00 Uhr
Freistunde: Bekloppte Freundin redet und redet. Ich verstehe nur Blabla, nehme aber dennoch wahr, dass es um einen Typen geht. Ignoranz meinerseits, Beleidigung ihrerseits. Ich habe meine eigenen Probleme!

14.00 Uhr
Kunst: Fallus – Symbole. Sinn?

15.00 Uhr
Sport, Zirkeltraining: Was hab ich in meinem Leben falsch gemacht, dass ich so leiden muss?

16.00 Uhr
Schule aus. Kleine und große Kinder versperren mir den Weg. Werde verfolgt von infantilem Mitschüler mit infantilen Kommentaren.

16.15 Uhr
Zuhause: Werde gezwungen, mein Zimmer aufzuräumen unter Androhung von Essensentzug. Der Drang zu überleben, ist stärker.

17.30 Uhr
Auch die letzte Ritze ist sauber. Spinnen fürchten das Putzmittel. Dennoch ist meine Mutter von negativen Schwingungen umgeben. Leidtragende: Ich, ich ganz allein.

18.00 Uhr
Muss immer noch die Standpauke anhören. Lasse die letzten Jahre Revue passieren. Stelle fest, heute ist mein Geburtstag.

18.30 Uhr
Standpauke vorbei. Vermute, Mutter ist müde. Mache entnervt den Fernseher an. Bemerke, dass er kaputt ist.

19.00 Uhr
Treff mit vermeintlichen Freunden. Klauen mir mein Portmonee. Gut, dass es leer war, immer war und sich auch nicht füllte.

20.00 Uhr
Auf dem Weg nach Hause. Zu Fuß. Busticket war im Portmonee.

22.00 Uhr
Zu Hause angekommen. Beleidigt, entrüstet und „leicht" entnervt. Morgen ist ein neuer Tag. Und ich nehme mir frei.

Naomi Dietrich (19 Jahre)

Soll das alles gewesen sein?

Dreizehn Uhr. Noch schlaftrunken öffnet sie die Augen, beginnt zu blinzeln, ist verärgert über die Sonnenstrahlen, die durchs Fenster scheinen und sie blenden. Erst ganz schwach, dann immer stärker spürt sie die Beklommenheit, das monotone Klopfen in ihren Schläfen. Wie in Zeitlupe versucht sie sich aufzuraffen, schafft es mit Mühe und Not, sich im Bett aufzusetzen.

Ihr Blick fällt zur Seite, ihr stockt der Atem, denn erst jetzt sieht sie ihn. Ihn, der ruhig in ihrem Bett liegt und schläft. Langsam lichtet sich ihr Schleier, und sie beginnt sich zu erinnern, daran, wie und wo sie ihn gestern kennen lernte. „Verdammt!", flucht sie und versucht die aufsteigende Übelkeit zu unterdrücken.

Sie steht auf und bahnt sich einen Weg durch die unzähligen Kleidungsstücke und Bierflaschen einen Weg in die Küche. Dort angekommen, gießt sie sich ein Glas Wasser ein, wirft eine Tablette hinein und lässt sich auf einen der Stühle fallen. Langsam nimmt sie das Glas in beide Hände, setzt es an, trinkt einen Schluck und verzieht angewidert das Gesicht. Der bittere Beigeschmack der Tablette lässt sie würgen. Er erinnert sie an den schalen Geschmack ihres eigenen Lebens. Es sollte doch alles anders werden, ganz anders. Sie beginnt zu weinen. Immer wieder stellt sie sich die Frage: Soll das alles gewesen sein?"

Vanessa Meier (19 Jahre)

PEACE OUT

Guck mal aus dem Fenster, Homie,
sag mir, was du siehst.
Ich sehe eine Welt,
zerstört von zuviel Krieg.
Man sieht es in den Medien,
ich hör´ sie immer sagen:
Krieg hier und Krieg da,
der Frieden wurd' begraben.
Da könnt' man sich mal fragen,
wofür der ganze Shit?
Man lernt in der Schule
und wird letztendlich doch gefickt
von der Scheißpolitik
und von dem Fuck-System.
Menschen worken lebenslang,
sie könn' nich' mehr geh'n!
Und guck mal die Kids
mit 12 schon 3 Kanon´,
wie sie Läden ausrauben, Homie,
wie sie sich noch bedroh'n.
Ha'm schon 2,3 Kugeln
und 'n Messer in der Brust.
Seh' ich so 'nen Scheiß,
dann verspüre ich nur Frust.

Und dann se' ich die Häuser brenn'
und die Menschen renn',
die Hoffnung is' gestorben.
Das Leben hat kein' Sinn,
FRIEDE, rest in peace.
Wenn du das hier liest,
sind wir schon verloren.
Blut auf den Straßen fließt!

Ich kann's nicht mehr ertragen,
frage Gott, was hier passiert.
Hör' nicht auf zu kämpfen, Homie,
wer nicht kämpft, verliert!
Drum will ich dir was sagen, Boy,
denn ich geb' nicht auf.
Um jetzt aufzugeben,
ist zu viel Frust in meinem Bauch!
Ich seh' nur jeder gegen jeden
und das dann jeden Tag,
die Kinder spielen Krieg
und sind mit 13 schon im Sarg!
Und unser aller Traum
war eine Welt vereint,
doch nichts is' davon geblieben,
jedes zweite Auge weint!

Täglich sterben Menschen,
an unsren Händen klebt das Blut.
Es ist das Blut des Friedens,
wir zerstören ihn mit Wut,
mit der Wut und dem Hass
auf unsre „schöne" Welt.
Es regieren nur noch Dunkelheit,
der Krieg, Hass und das Geld.

Und dann seh' ich Häuser brenn'
und die Menschen renn',
die Hoffnung is' gestorben.
Das Leben hat kein' Sinn,
FRIEDE, rest in peace.
Wenn du das hier liest,
sind wir schon verloren.
Blut auf den Straßen fließt!

Und was bringen uns die Bomben,
das Töten und die Kriege?
Im Krieg gibt es nur Verlierer,
keiner feierte je Siege!
Die Liebe und die Hoffnung,
nur sie könn' uns noch befrei'n,
aus den Klauen der Trauer.
Doch soll es echt so sein?

Wir zerstören uns doch selber
Mit unsren eig´nen Waffen,
basteln täglich neue Bomben,
wissen nicht, was wir da machen,
beugen uns dem Schicksal,
haben uns längst schon aufgegeb´n,
wir gehen unsren Weg
und verlieren unser Leben!
Und Gott kann uns nich´ helfen.
Warum sollte er auch?
Er kann doch nix seh´n
außer Trauer und den Rauch.
Und das is´ unser Morgen,
wie es keiner brauch,
es is´ das Ende des Friedens,
was bleibt, is´ ein PEACE OUT!

Und dann seh´ ich Häuser brenn´
und die Menschen renn´,
die Hoffnung is´ gestorben.
Das Leben hat kein´ Sinn,
FRIEDE, rest in peace.
Wenn du das hier liest,
sind wir schon verloren.
Blut auf den Straßen fließt!

Thomas Perschk (17 Jahre)

Ein ganz normaler Samstagmorgen

Es ist ein ganz normaler Samstagmorgen. Ich stehe noch total verkatert von dem gestrigen Abend auf. Hier in Essen kann man abends leider nicht viel machen, wenn nicht gerade mal irgendwo ein Konzert läuft oder eine Party veranstaltet wird.
Wir haben zehn Uhr. Ich muss mich schnell anziehen und fertig machen, damit ich noch rechtzeitig zur Demonstration komme. Die Nazis wollen vom Rathausplatz bis runter zum Berliner Platz marschieren. Und da so etwas nicht zu verantworten ist, gehe ich halt hin, um mein Ideal, dass es so Leute mit einer rechten Einstellung nicht geben darf, zu vertreten.
Durch die guten Bus- und Bahnverbindungen in unserer Großstadt ist es kein Problem, zum Hauptbahnhof zu gelangen. Dort angekommen, sehe ich sofort die Menschenmassen, die genauso denken wie ich. Es sind viele Menschen in meinem Alter vertreten. Es ist nun zehn vor zwölf, und wir Demonstranten sammeln uns, damit wir gleich losmarschieren können. Ich stelle mich ganz nach vorne in den sogenannten „Schwarzen Block", in ihm ist die ganze Antifa. Nun marschieren wir los. Ganz vorne die Transparente mit den Aufschriften „Nazis Raus" und „Keine Toleranz für rechte Gewalt". Über den Lautsprecherwagen dringt die Musik in die Öf-

fentlichkeit. Wir rufen unsere Parolen hinaus in die Welt wie zum Beispiel „Nazis raus! Nazis raus! Nazis, Nazis, Nazis, raus, raus, raus!" oder „Ob Ost, ob West! Nieder mit der Nazipest!" Es schließen sich uns immer mehr Bürger an, weil sie sehen, gegen wen wir demonstrieren. Nachdem sich die Polizei einen Überblick verschafft hat, müssen die Nazis ihre Demonstration abbrechen. Die Antifa im „Schwarzen Block" ist zu gewaltbereit. Um ca. vierzehn Uhr ist die Demonstration vorbei, und wir haben alle ein gutes Gefühl, weil wir unsere Ideale vertreten haben und die Nazis ihre Demonstration abbrechen mussten. Wir gehen nun wieder nach Hause, um etwas zu essen. Total hungrig und erschöpft von dem Marsch essen wir einen Döner, den wir uns unterwegs geholt haben.

Nachdem ich endlich geklärt habe, was ich heute Abend noch so machen kann, ist es schon wieder vier Uhr. Ich gehe raus, der Supermarkt ist keine fünfhundert Meter von unserem Haus entfernt. Ich gehe also hinein und kaufe mir für heute Abend etwas zu trinken. Fünfzehn Minuten später trifft auch mein Kollege ein. Wir laufen ein bisschen an der Ruhr herum, hier sieht es schon gleich ganz anders aus als in der Innenstadt. Überall stehen Bäume, auf den großen Wiesen sieht man die Leute in der Sonne liegen und die Kinder Fußball spielen. Eigentlich ist es hier sehr harmonisch.

Thomas und ich setzen uns also auch auf die Wiese, um etwas zur Ruhe zu kommen. Wir öffnen den Rucksack und holen ein Bier heraus. Wir genießen unser kühles Bier und hören Musik, die aus dem CD-Player kommt. Als dann „Weltverbesserer von Sondaschule" kommt, steht ein Mann vor uns auf und bittet uns zu gehen, da wir ihn in seiner Ruhe stören. Nun ist es vorbei mit der Harmonie. Thomas und ich, wir weigern uns einfach, da hat er Stress angefangen. Wir beide stehen auf, um uns auf eine Auseinandersetzung vorzubereiten. Doch der Mann merkt, dass wir uns nicht so leicht vertreiben lassen, und setzt sich wieder hin.
Ich gucke auf die Uhr und sehe, dass es fünf vor sieben ist. Wir müssen uns beeilen, weil wir uns noch mit ein paar anderen Leuten treffen wollen. Wir gehen daher zur Haltestelle Grendplatz. Dort warten schon alle auf uns. Sie gehen noch schnell zu Rewe, um sich auch etwas zu trinken zu holen. Dann marschieren wir los, um hoch zum Julius – Leber – Haus zu gehen. Dort treffen sich alle Leute, die in der Punk - Metal - Rock - Szene sind. Dort werden auch Konzerte veranstaltet. Vor einem Jahr war alles noch viel besser. Jetzt sind nicht mehr so gute Leute da, nur noch Kinder im Alter von zwölf bis fünfzehn.
Thomas und ich reden ein bisschen mit unseren Freunden. Als unsere Getränke alle sind, haben wir keine Lust mehr, an diesem „Kindergarten"

herumzugammeln. Ich schaue auf meine Uhr und bin verwundert, dass wir schon dreiundzwanzig Uhr haben. Damit hätte ich nicht gerechnet, dass die Zeit so schnell am Rasen ist. Na ja, wir gehen zur Haltestelle, an der Thomas´ Bus abfährt. Als er im Bus ist und wegfährt, mache ich mich auch auf den Weg nach Hause. Nach fünf Minuten bin ich oben.

Ich mache mir noch etwas zu essen und setze mich vor den Fernseher. Irgendwann bequeme ich mich dann endlich mal ins Bett und denke mir: Ist das langweilig hier in Essen! Es gibt überhaupt keine Freizeitangebote für so Leute, wie wir es sind. Ich mache die Augen zu und schlafe, bis der neue Morgen kommt.

Simon Koch (17 Jahre)

3. Zwischen gestern und übermorgen

Meine neue Schule

09.08.2006

Liebes Tagebuch,
heute ist es soweit. Ich komme auf die weiterführende Schule, aufs Burggymnasium. Leider kenne ich aus meiner neuen Klasse noch niemanden. Ich habe etwas Angst davor, keine neuen Freunde zu finden. In meiner alten Schule hatte ich viele Freunde, sogar ein Mädchen war dabei. Ich muss ganz doll an sie denken.

10.08.2006

Liebes Tagebuch,
in der U-Bahn habe ich einen Jungen aus meiner neuen Klasse gesehen, der allein saß. Es war Constantin, der aus Griechenland stammt. Ich setzte mich zu ihm, und wir unterhielten uns. Ich erfuhr, dass er genauso gerne wie ich Fußball spielt. Wir verabredeten uns für den nächsten Tag zum Spiel.

24.01.2013

Liebes Tagebuch,
heute habe ich Geburtstag. Ich werde mit Constantin, meinem besten Freund, und anderen Mitschülern feiern. Bisher hat es auf der Schule gut

geklappt. Ich habe nette Menschen kennen gelernt, auch aus verschiedenen Nationen.

In diesem Moment ist es mir ganz wichtig, dass die Politiker weiter daran arbeiten, dass die Menschen aus den verschiedenen Kulturen friedlich miteinander leben und sich gegenseitig akzeptieren. Außerdem wünsche ich mir ganz doll, dass mein Berufswunsch „Computerfachmann" für mich in Erfüllung geht.

Philipp Giese (10 Jahre)

In der Türkei war es anders

Als ich nach Deutschland gekommen bin, habe ich mich nicht so wohl gefühlt. Dann hat mein Vater mich an der Schule angemeldet. Ich hatte gar keine Freunde. Ich konnte nicht fernsehen, weil wir kein türkisches Programm hatten. Wenn ich morgens aufgestanden bin, war alles anders. Hier haben immer die Glocken von der Kirche geläutet. In der Türkei war es anders. Hier hatte ich sogar Angst rauszugehen. Ich hatte auch Angst, dass jemand mit mir Deutsch redet und ich nichts sagen kann.
Bald darauf habe ich in der Schule ein paar Freunde gefunden, aber sie konnten auch kein Deutsch sprechen. Ich musste jeden Tag zu Hause Deutsch üben. Oft habe ich gar keine Lust gehabt.
Nach zwei Jahren habe ich mich nun ein bisschen eingewöhnt. Ich habe einen Freund, mit dem ich draußen spielen kann. Jetzt fühle ich mich in Deutschland wohl. Aber später möchte wieder zurück in die Türkei gehen.

Fatih Basaran (15 Jahre)

Habe mich schon dran gewöhnt

Ich bin mit fünf Jahren von Georgien nach Deutschland gekommen. Davor haben meine Oma und mein Opa sich um mich gesorgt. Meine Eltern waren in Russland mit meiner großen Schwester. Als ich vier Jahre alt war, haben meine Eltern das nötige Geld für Deutschland gehabt. Dann war es soweit, und wir sind nach Deutschland gekommen.
Ich musste in den Kindergarten, und ich konnte noch kein Deutsch. Ich habe meine Oma und meinen Opa vermisst. Meine Mutter hat jeden Tag bei meiner Oma angerufen, und ich musste immer heulen, wenn ich ihre Stimme gehört habe. Aber jetzt habe ich mich schon dran gewöhnt und vermisse sie nicht sehr so wie damals.
Jetzt bin ich schon in der siebten Klasse und fühle mich so richtig wohl hier! In Deutschland habe ich neue Freunde gefunden, und ich kann auch gut Deutsch. In Deutschland fühle ich mich wie in Georgien. Ich fahre jeden Sommer dort hin und verbringe viel Zeit mit meiner Oma und meinem Opa.

Batscho Brojan (15 Jahre)

Neue Freunde

Ich bin fünfzehn Jahre alt, mein Name ist Dalia Muhssin. Ich komme aus dem Irak, aus der Stadt Mossul. Als ich nach Deutschland gezogen bin, war alles anders. Ich konnte die Sprache nicht, ich hatte keine Freunde.
Nach ein paar Wochen habe ich aber neue Freunde gefunden. Das war wie ein neuer Morgen für mich, und ich fühlte mich nicht mehr einsam.

Dalia Muhssin (15 Jahre)

Das Beste aber kam noch

Tim ist ein Junge und dreizehn Jahre alt. Er ist sehr dünn und wohnt bei seinen Großeltern. Seine Eltern sind bei einem Autounfall ums Leben gekommen. Als das passierte, war Tim zehn Jahre alt. Er trauerte sehr, weil er eigentlich noch ein Geschwisterchen bekommen sollte, denn seine Mutter war zu der Zeit schwanger. Auch das war ein Problem für Tim. Er hatte es aber schön bei seinen Großeltern und besuchte inzwischen die siebte Klasse.
Eines Morgens, als Tim zur Schule ging, kamen drei Schüler und schlugen auf ihn ein. Sie klauten ihm das ganze Geld und sagten: „Wenn Du es petzt, dann wirst Du was erleben!" Er kam nach Hause und hatte eine Wunde an der Hand. Seine Oma erschrak: „Ist alles okay bei Dir, Tim?" „Ja klar", antwortete dieser, „ich habe mich nur an der Wand verletzt." „Dann ist es ja nicht so schlimm", erwiderte sie. „Hilfst Du bitte Deinem Opa im Garten?" „Okay", sagte er.
Am Abend kletterte Tim ins Bett und fing bitterlich an zu weinen. Er konnte sich gar nicht beruhigen. Da kam die Oma rein und tröstete ihn. Sie fragte ihn: „Warum weinst Du denn?" „Ich weine wegen Mama und Papa!!!" „Wirklich?", wollte die Oma wissen. „Oder verheimlichst Du mir etwas?" „Nein!", schrie Tim. „Okay, dann glaube ich Dir."

Am nächsten Morgen passierte Tim in der Schule das Gleiche wie am Vortag. Er hatte Angst, es jemandem zu erzählen. Außer seinem besten Freund Kevin hat er es niemandem erzählt. Kevin aber war ein kräftiger Junge, vor ihm hatte jeder Angst. Kevin sagte zu Tim: „Wir müssen etwas dagegen tun." Da schrie Tim: „Oh nnnnnnneeeeeeeiiiiiiinnnnnnn! Mach das nicht! Sonst kriege ich noch mehr Schläge!" Es ging zwei Wochen so weiter. Dann aber hat Kevin es doch erzählt. Die drei Jungen bekamen sehr viel Ärger, und sie schlugen Tim nie mehr.
Das Beste aber kam noch. Sie wurden alle Freunde. Und dann kam für sie alle ein neuer Morgen. Es wurde für Tim der schönste Tag. Sie alle spielten mit ihm, und seine Großeltern freuten sich sehr darüber. Das soll immer so sein!!! Und es war auch so.

Marvin Bolten (12 Jahre)

Die Achterbahn

Mein Morgen wird vielleicht von Schatten durchzogen sein. Doch wessen Morgen wird das nicht? Nach den Schatten kommt das Licht wie nach dem Regen die Sonne. Wie der Regen versiegt, versiegen auch die Tränen. Die Sonne trocknet sie, und zurück bleibt nur das Salz auf unserer Haut. Salz bedeutet Leben! Licht bedeutet Hoffnung! Was das Leben uns auch in der Zukunft bringt, eines weiß ich: Das Leben ist nie nur gut oder nur schlecht. Es geht rauf und runter, das ist es, was es ausmacht. Ich werde jedenfalls mein Bestes tun, um es voll auszunutzen. Denn was ist eine Achterbahn ohne Adrenalinschub?
Einmal habe ich einen Spruch gelesen, um ehrlich zu sein, bei uns auf dem Schulklo, doch das tut ja nichts zur Sache:

> *Die Zukunft gehört denen,*
> *die die Fantasie haben,*
> *diese Welt zu überleben!*

Ob dies eine Art Lebensphilosophie ist? Ich weiß es nicht. Doch vielleicht können wir die Probleme, Enttäuschungen und Veränderungen, die auf uns zukommen, mit Fantasie, Hoffnung und Humor besser bewältigen!
Ich habe es gelernt aufzublicken zu all dem Schönen, das uns die Welt bringt. Vielleicht hört

sich das jetzt seltsam an, doch ich glaube, dass mich das glücklich macht. Jeder muss selber den Schlüssel finden, so zu leben, dass er glücklich ist, sein Morgen meistert und seine Träume verwirklicht. Jeder Mensch hat Träume, und manchmal sind alleine sie es, die uns neue Hoffnung geben.
Ich werde das Leben nie verstehen, doch versuche ich es so zu leben, wie es gerade kommt. Mit Fantasie. Vielleicht. Wer weiß! Das Leben ist eben das Leben und die Zukunft die Zukunft! Niemand weiß, wo es hinführt, trotzdem laufen alle weiter. Nun aber genug der Philosophie. Ich wünsch Euch was!

Elena Pluskota (16 Jahre)

warum

jeder tag fängt
mit einem morgen an
mit einem morgen voller
sonnenschein
das ist zu schön
um wahr zu sein

wie sehr
wünsche ich es mir
so einen neuen morgen
mit meinen augen zu sehen
ihm zu begegnen
und ihn zu erleben

dies sagte sie immer zu mir
meine kleine schwester
die ist blind
und vermisst
so einen morgen
ihrer träume

ich leide mit ihr
unter dieser behinderung
ich kann ihr diesen wunsch
nicht erfüllen
jeder morgen ist
ein schwarzer tag für sie

ein jahr verging
ein neuer morgen kam
sie konnte plötzlich
wieder sehen
es war ein wunder
was geschah

doch grausam
endete diese freude
ein unfall machte
meiner schwester
alle tage schwarz
sie starb

und wieder kam
ein neuer morgen
und ein nächster ebenfalls
heute blicke ich
auf ihre bilder
und frage mich

warum
die lieben
von uns gehen
und die bösen
bleiben
weiter leben

Hadel Al Shahwani (18 Jahre)

die andere welt

du stehst auf und
guckst aus dem fenster
alles ist so anders
draußen und drinnen
nein
es ist still
die sonne geht auf und
du schaust in den spiegel
nein
du bist anders

du musst los
nicht zur schule
nein
etwas neues
wartet auf dich
etwas fremdes
nein
und du merkst
es ist morgen
jetzt

das morgen auf das
du gewartet hast
der morgen der dein
leben verändern wird
nein
du hast angst
du gehst hinein
in den morgen und
du kommst
in eine andere welt

Annika Conrad (15 Jahre)

Die Luft zum Atmen

Mir scheint,
als sei es gestern gewesen,
als ich noch wusste,
wie mein Morgen aussehen würde,
denn in dir hatte ich
mein Morgen gefunden.

Jeden Abend schlief ich
in deinen Armen ein
und freute mich täglich
auf den Morgen,
an dem ich erneut
in ihnen aufwachen würde.

Deine so unerschütterliche Liebe
und Geborgenheit ließ mich
mit Freude und Sicherheit
in den nächsten Tag gehen
ich wusste, deine Hand
würde meine niemals loslassen.

Von dir habe ich gelernt,
auf andere zu achten
und Gefühle wahrzunehmen,
anstatt meine
gewaltsam und egoistisch
durchzusetzen.

Von dir habe ich gelernt
anzunehmen,
ohne zu vergleichen.
Von dir habe ich gelernt
zu geben, ohne dafür
etwas zu verlangen.

Von dir habe ich gelernt,
ich muss dich nicht
eifersüchtig machen,
um dir klar zu machen,
dass du auf mich
achten sollst.

Von dir habe ich gelernt,
alte Enttäuschungen
beiseite zu legen
und neu zu vertrauen,
ja, mich selbst wieder
anzunehmen.

Doch du zeigtest mir auch,
wie es sich anfühlt,
wenn alle Hoffnung
auf Morgen
mit einem Schlag
zerschmettert wird.

Durch dich weiß ich,
wie es sich anfühlt,
wenn die Enttäuschung
den Körper durchdringt
und einem fast
die Luft zum Atmen nimmt.

Deine Hand ließ
die meinige los,
und ich weiß,
ein Morgen wird es
mit dir
nicht geben.

Kathrin Gerwarth (20 Jahre)

erinnerungen an morgen

.... in minuten verflogen sorgen
umgeben von bunten blättern im sommer
inmitten von gedankenlosem lachen
und endloser freiheit
umherspringenden phantasien
geschichten von einsamen inseln
und sprechenden tieren
fliegenden kindern irgendwo
auf wolken landend
weinend und doch voller freude
mitten im nirgendwo und überall
die welt in der hand haltend
bunte blumen und erinnerungen
an alte freunde und sonnentage
an schnee und ausflüge an angst
vor dunklen straßen
an die zeit die nie vergehen wird
.... und doch vergangen ist
in sekunden
in denen ich die augen schloss
um durch die lüfte zu fliegen
zu peter pan ins niemalsland
und sie erstaunt öffnete und bemerkte
dass ich schon lange zurück war

zurück ins unvergessliche vergessen
in den augenblick des morgens
an später denkend
an früher denkend
gestern da gewesenes heute
auf mich wartendes morgen
und der versuch
erinnerungen zu begegnen
im wind der mich trägt
in richtung sehnsuchtsvolle ferne
die für mich bedeutet
was sie bedeutet
atmen mit geschlossenen augen
fühlen was ein
belangloses wort nicht verrät
ein blick zum mond
an kommenden tagen
die nachtluft atmen
und fragen
ist es die kälte
oder die ruhe
die mich frieren lässt
ist es morgen oder gestern
wovon ich spreche ....

kommende momente
wahrheit enthaltend
leben sehnsucht
nach warmer luft und kaltem wind
verflogene augenblicke
deren erinnerungen das morgen sind
das leben sind
vielleicht auch angst
vielleicht gefahr
kommende unendlichkeit
kommende zeit
die nie vergehen wird
ein stück von dem
was einmal war
gefangener moment verflogen ....
doch zufrieden ...

--- und kaltgewordener tee
in meiner hand

Julia Wenzel (18 Jahre)

Lesen kann ich ein bisschen

Ich heiße Yoroka, bin 15 Jahre alt und komme aus Togo. Ich bin nicht in Europa geboren, sondern in Afrika. Als ich elf Jahre alt war, bin ich nach Deutschland gekommen. Von daher ist mir die Stadt Essen noch fremd. Ich weinte in der ersten Zeit sehr viel, weil ich mich von meinen Großeltern und von meiner Freundin nicht trennen wollte. Dann kam ich zum ersten Mal in eine deutsche Klasse. Es war eine sehr traurige Zeit. In meiner Klasse war eine afrikanische Schülerin, aber sie konnte auch nicht meine Sprache. Sie kam aus einem anderen Land.
In der deutschen Klasse habe ich meine alten Klassenkameraden aus Togo vermisst. Ich konnte überhaupt nicht Deutsch sprechen. Ich habe Glück gehabt, dass mein Lehrer Französisch sprechen konnte. Von da an habe ich Lesen und Schreiben gelernt. Aber ich habe beim Schreiben ein Problem. Ich schreibe vieles Französisch, zum Beispiel für „weil" „vayl". Lesen kann ich ein bisschen, aber ich spreche nicht deutlich genug. Ich lese etwas, verstehe es aber nicht. Ich habe auch eine Menge Probleme beim Sprechen. Ich kann mit niemandem so richtig sprechen oder irgendwo hingehen, außer zu meiner Tante. Ich schäme mich, wenn mich jemand anspricht und ich nicht antworten kann.
Yovoka Homekpo (15 Jahre)

Als sich alles änderte

Eigentlich war es ein Morgen wie jeder andere. Doch er stand unter einem besonderen Zeichen. An ihm hatte ich nämlich meine mündliche Matheprüfung. Und die sollte darüber entscheiden, ob ich mein Abitur haben würde oder nicht. Dem entsprechend war mein Befinden auch nicht das beste. Ich war nervös und konnte an nichts anderes mehr denken als an diese Prüfung. Sie entschied schließlich über meinen weiteren Werdegang!
Bevor die Prüfung anfing, habe ich versucht, meine Nervosität durch positive Gedanken zu verdrängen. Das gelang mir auch. So konnte ich mich voll auf die Prüfung konzentrieren und das, was ich gelernt hatte, optimal abrufen. Als sie zu Ende war, hieß es warten und beten, ob es gereicht hat. Immer wieder drehten sich meine Gedanken um die Matheprüfung. In diesem Moment war ich nervöser als jemals zuvor. Als mir dann endlich das Ergebnis mitgeteilt wurde, fiel mir die vielleicht größte Last meines Lebens von der Schulter. In diesem Moment war ich wahrscheinlich der glücklichste Mensch auf der Welt.
Heute erinnere ich mich gerne an diesen Morgen. Ihm und allen Personen, die beteiligt waren, habe ich es nämlich zu verdanken, dass ich an diesen Punkt gekommen bin.
Christian Schwartz (20 Jahre)

Was uns bleibt

Was bedeutet Morgen?
Morgen bedeutet Zukunft.
Was bringt die Zukunft?

Wir, die wir in einem Jahr das Abitur haben werden, erhoffen uns viel von der Zukunft: einen Ausbildungsplatz, ein gutes Studium, einen Job, der Spaß macht und bei dem man dazu noch gutes Geld verdient.

Aber ist das die Realität?

Tatsächlich sieht die momentane Situation anders aus. Alle Schülerinnen und Schüler machen sich Sorgen um ihre Zukunft. Oft wird uns gesagt, wir müssten uns bemühen, müssten den bestmöglichen Abschluss schaffen, um eine Chance auf dem Arbeitsmarkt zu haben. Auch hier stellt sich die Frage, ob das der Realität entspricht. Haben wir mit unserem Abitur wirklich eine Chance auf all unsere Zukunftsträume? Ist der Traumjob durch einen guten Abschluss gesichert?

Wie viele Jugendliche gibt es, die trotz ihres guten Abiturschnitts nicht den Beruf ausüben können, den sie sich erhofft haben! Dazu kommen die zahlreichen Schulabgänger, die unmittelbar nach ihrem Abschluss arbeitslos sind. Haben wir uns so unsere Zukunft, unser Morgen, vorgestellt?

Sicherlich nicht. Doch was bleibt uns anderes übrig, als die Situation hinzunehmen? Ändern können wir sie nicht. Was uns bleibt, ist die Hoffnung, die Hoffnung auf eine bessere Zukunft, auf unser besseres Morgen!

Melissa Meinhardt (19 Jahre)

Es war einmal

Es war einmal ein Mädchen, das war voller Verbitterung und Trauer, voller Lustlosigkeit und Trägheit und voller Hass auf die Menschheit. Es war pessimistisch, weil es an das Schlechte im Menschen glaubte, an die Grausamkeit auf der Welt. Es war ein Mädchen, das heimlich weinte und seine Gefühle verbarg. Das schwach und klein war. Das abgestumpft und nicht bereit war zu kämpfen. Das sich mit den Dingen abfand.
Es war einmal ein Mädchen, das versuchte, mit seiner Kraft seine Energie, seine Lebensfreude und seinen Glauben zurückzugewinnen. Das versuchte, das Gute im Leben in den Menschen zu entdecken. Das an die Veränderung glaubte und an der Hoffnung festhielt, dass der Morgen neue Erkenntnis bringt. Das sich durch den Glauben an das Morgen stark fühlte und bereit war, über seine Grenzen zu gehen – wenn nicht heute, dann morgen.
Es war einmal ein Mädchen, aus dem wurde ich ...

Gina Kaulfuß (19 Jahre)

4. Grenzerfahrungen

Man weckte mich mitten in der Nacht

Einmal, vor so langer Zeit, dass es mir vorkommt wie in einem anderen Leben, weckte man mich mitten in der Nacht. Man sagte mir, es sei die letzte Nacht gewesen, die ich in meinem Bett verbracht hätte.
Wir saßen mit all den Koffern und Taschen, die wir hatten, an einem Bahnhof und warteten. Wahrscheinlich auf den Zug. Ein Kind weiß nicht, was Veränderung bedeutet. Es weiß auch nicht, was „für immer" bedeutet oder „ein Leben zurücklassen". Aber was „Weggehen" bedeutet, das weiß es. Für mich waren die angespannten und ernsten Gesichter um mich herum zunächst ein Rätsel. Vorerst war alles nur ein Spiel. Ich sah das Neue mit großen, neugierigen Augen und genoss es, im Zug vor Erschöpfung auf den Knien meiner Großmutter einzuschlafen.
Das Spiel endete, als ich mich weinend auf dem Etagenbett eines Auffanglagers wiederfand. Ich flehte meine Verwandten an wieder zurückzufahren. Und selbst jetzt, dreizehn Jahre später, erinnere ich mich noch an jede einzelne Träne, die meine Wangen hinunterlief, an die müden Augen, die dieser Tag zurückließ, und an dieses Gefühl, etwas Unbeschreibliches verloren zu haben.
Ich erinnere mich an dieses Gefühl. Doch es ist wie eine Erinnerung an etwas, das man mal irgendwo gelesen hat. Vielleicht eine Geschichte,

die man nicht vergessen will, aber eben nur eine Geschichte. Eine Geschichte aber, die das Bild, das meine Gedanken von dieser Welt malen, nicht nur beeinflusst, sondern auch bestimmt. Eine Geschichte, an die ich nicht häufig denke, von der ich aber weiß, dass sie mehr Inhalt enthält als jeder Bericht über Einwanderer, mehr Form als jede Statistik, mehr Wahrheit als jedes Wort eines jeden, der Menschen noch nach ihrer Landeszugehörigkeit unterscheidet. Selbst wenn ich manchmal vergesse, dass es meine eigene Geschichte ist. Doch sie begleitet mich von Tag zu Tag und bestimmt mein Morgen wie nichts anderes, weil sie mich wissen lässt, wie es ist, wenn Vergangenheit und Zukunft miteinander verschmelzen.

Auch ich habe etwas verloren, etwas, von dem ich versuchen kann zu erzählen, was ich versuchen kann zu beschreiben, woran ich mich erinnern kann, worüber ich nachdenken kann. Als ich es verlor, verlor ich gleichzeitig auch ein bestimmtes Gefühl. Ich verlor es nicht sofort, sondern nach und nach. Ich suchte nicht nach ihm, es war so, als würde ich es nicht mehr brauchen. Ich verlor das Gefühl, irgendwo fremd zu sein. An diesem Tag, als ich auf dem Etagenbett in Tränen ausbrach und mir klar wurde, dass ich meine „Heimat" so schnell nicht wiedersehen würde, hörte etwas in mir auf, so etwas wie Zugehörigkeit wertzuschätzen. Es war damals das letzte Mal, dass ich aus diesem Grund weinte.

Nach einer Weile habe ich erfahren, was meine Geschichte zu einer solchen gemacht hatte. Die Menschen hatten Fehler gemacht. Fehler, die sie schon immer gemacht haben und die sie noch immer machen. Ich wusste, wenn ich mich einordne, nach meiner Heimat suche, nach Zugehörigkeit strebe, wenn ich versuche zu erfahren, wo ich daheim bin, dort oder hier, dann mache ich nichts anderes als denselben Fehler.
Wo ich auch bin, was ich auch tue, die Geschichte, von der ich spreche, lässt mich fühlen, dass ich überall auf der Welt daheim bin, dass es mehr gibt als das, was ich kenne, dass das, was ich kenne, nicht das einzig Wahre ist, dass ich ein Mensch bin, den das Wort „Staatsangehörigkeit" auf Formularen schmunzeln lässt.
So setzt sie sich fort, die Geschichte. Ich stehe im Regen und genieße es, wie die Tropfen auf meiner Haut landen. Ich genieße das Aufgehen der Sonne von Tag zu Tag und warte auf die Gelegenheit, meine Geschichte weiterzuführen, meiner Sehnsucht nach der Ferne nachzugehen, die entstand, als das Wort „Heimat" für mich seine Bedeutung verlor. Morgen. Immer.
Wenn man mich fragt, welches die Kultur sei, der ich mich zuordne, so antworte ich, es sind die Kulturen der Menschheit. Über sie möchte ich so viel wie möglich lernen, sie möchte ich verstehen. Sie möchte ich leben und sehen, um dann, wenn ich irgendwann einmal sterbe, sagen zu können, ich

lebte auf der Welt mit den Menschen. Das ist mein Morgen.

Julia Wenzel (18 Jahre)

Eines der kostbarsten Geschenke der Welt

Seit etwa zwei Jahren hat der Gedanke an einen neuen Morgen eine ganz besondere Bedeutung für mich. Für mich ist nämlich jeder Morgen, an dem ich die mir liebsten Menschen um mich habe, ein besonderes Geschenk.
Vor zwei Jahren traf meine Familie und mich ein besonderer Schicksalsschlag. Meine Mutter erlitt von heute auf morgen eine Hirnblutung. Sofort war klar, dass es keinerlei Hoffnung mehr gab. Man sagte uns, dass uns höchstens noch ein paar Wochen mit ihr bleiben würden. Da sie jedoch sofort ins Koma fiel, war jede Minute, war jede Stunde und jeder Tag mit ihr kostbar.
Aus diesen paar Wochen wurden genau neun Monate, neun Monate, in denen jeder neue Morgen ein Geschenk war. Aber jeder Morgen war auch ein Morgen, an dem man damit umgehen musste, dass man nicht helfen konnte!
Im Mai vergangenen Jahres erreichte mich dann die Nachricht, dass meine Mutter nach neun Monaten im Wachkoma verstorben sei. Von da an war klar, dass nach diesem Tag kein Morgen mehr wie vorher sein würde. Er war anders, denn eine der wichtigsten Personen im Leben eines Menschen war auf einmal nicht mehr da.
Seitdem weiß ich, dass man jeden Tag so leben sollte, als wäre es der letzte. Denn alles kann von jetzt auf gleich vorbei sein. Jeder neue Tag, und

somit jeder neue Morgen, ist eines der kostbarsten Geschenke der Welt. Jeder Morgen, an dem man weiß, dass man die liebsten Menschen noch um sich hat, ist ein besonderer. Jeden Morgen, an dem ich aufwache und weiß, dass es mir gut geht, halte ich in Ehren. Das habe ich durch diese äußerst schlimme Erfahrung zu schätzen gelernt.

Alina Poerz (18 Jahre)

Hier ist mein Zuhause

An jenem Morgen, an dem meine Eltern nach Deutschland kamen, begann für sie ein neuer Morgen. Diesen Weg zu gehen, war nicht leicht für sie. Denn sie mussten nicht nur ihr geliebtes Land verlassen, sondern auch die Menschen, die ihnen sehr viel bedeuteten. Es fiel meinen Eltern ziemlich schwer, alles hinter sich zu lassen. Besonders meiner Mutter machte es zu schaffen. Sie war recht jung, als sie nach Deutschland kam, und litt an der Trennung von ihrer Familie. Es hat meine Mutter sehr viel Zeit gekostet, sich an die neue Situation zu gewöhnen.

Schwer war es für meine Eltern, sich an die neue Kultur anzupassen und sich in die Gesellschaft zu integrieren. Sie kannten nur die afrikanische Kultur und mussten die deutsche erst kennen lernen. Nach und nach haben sie sich aber angepasst. Sie sehen Deutschland zwar nicht direkt als ihre Heimat an, aber doch als ein Land, in dem sie sich wohl fühlen.

Was der neue Morgen für mich bedeutet?

An jenem Morgen, an dem meine Eltern beschlossen hatten, in Deutschland ein neues Leben zu beginnen, haben sie meinen Geschwistern und mir ein Leben ermöglicht, das wahrscheinlich in Afrika nicht möglich wäre. Ich habe die Chance, die Schule zu besuchen, einen vernünftigen Abschluss zu machen und einen guten Job zu bekommen.

Ich lebe mittlerweile seit fast achtzehn Jahren in Deutschland und kann sicher sagen, dass mein Morgen mit der Ankunft meiner Eltern hier begonnen hat. Ich fühle mich hier genauso zu Hause wie in meiner Heimat Afrika. Ein Leben dort kann ich mir nicht vorstellen. Hier ist mir alles vertraut, und hier ist nun mal mein Zuhause. Meine Familie lebt hier, und ich habe hier sehr viele liebe Freunde gefunden.
Ich hoffe, dass sich nichts an meinem Wohlbefinden ändern wird und ich mein Morgen nicht woanders erleben muss.

Sandra Matumona (18 Jahre)

Ich bin die Drittälteste

Was ich vor kurzem erlebt habe, ist für mich ein richtiges Wunder. Ich wurde 1986 in Essen geboren, bin dort zur Schule gegangen und habe im Juli 2004 meinen Hauptschulabschluss nachgeholt. Seit September 2004 habe ich lauter Maßnahmen mitgemacht, weil ich mit meiner Fiktionsbescheinigung keine Arbeitserlaubnis bekommen habe.
Mir blieb nichts anderes übrig, als Maßnahmen mitzumachen. Meine Eltern sind Flüchtlinge aus dem Libanon und seit 1976 in Deutschland. Wir sind vier Mädchen und drei Jungs, ich bin die Drittälteste.
Meine älteste Schwester hat schon einen deutschen Pass, weil damals andere Gesetze galten. Die Ausländerbehörde hat uns 2002 jedoch die Aufenthaltserlaubnis weggenommen, weil wir nicht beweisen konnten, dass wir Libanesen sind. Seitdem haben wir eine Fiktionsbescheinigung und müssen diese alle drei Monate verlängern lassen. Wir haben auch schon Abschiebungsandrohungen erhalten.
Die Behörden haben herausgefunden, dass mein Großvater, der Vater meines Vaters, in der Türkei geboren wurde. Mein Vater hatte das bei der Einreise angegeben. Seit kurzem hat mein Großvater seinen türkischen Pass, ist also türkischer Staatsbürger. Jetzt hat mein Vater Angst, den

türkischen Pass zu beantragen, weil er fürchtet, dass die Behörden uns dann in die Türkei abschieben werden. Ich selbst habe immer gesagt, dass ich in Deutschland bleiben und mir da eine Zukunft aufbauen will. Die Türkei kenne ich gar nicht. Ich war auch noch nie im Ausland.
Vor kurzem ist es aber nun endlich passiert. Ich habe eine unbefristete Aufenthaltserlaubnis erhalten! Ich kann gar nicht beschreiben, was in mir vorgeht, so glücklich bin ich. Nun beginnt für mich ein neuer Morgen!

Jasmin Kala (Pseud.; 20 Jahre)

**Die Zukunft bringt Früchte –
ich säe den Samen dafür**

Ehrlich gesagt, wusste ich erst gar nicht genau, worüber ich schreiben sollte. Unter „Morgen" verstehe ich viele Dinge. Einmal ist „Morgen" für mich der nächste Tag, ein neuer Tag. Ein Tag, der so sein kann, wie ein Tag in meinem Leben nie war, oder ein Tag, der zum Sterben langweilig ist wie jeder andere auch.
Aber wenn ich „Morgen" höre, denke ich zunächst einmal an etwas ganz anderes: an die Zukunft, an das „Morgen", das weit entfernt ist, das niemand kennt und das einfach hereinkommt, ohne an die Tür zu klopfen oder wenigstens zu grüßen. Sehr höflich! Aber was soll's. Die Zukunft ist für mich etwas sehr Wichtiges. Ich denke viel über sie nach:

Was passiert, wenn ...?
Wen werde ich ...?
Wo werde ich ...?
Was werde ich ...?
Wann werde ich ...?

So fangen die Fragen in meinem Kopf an, aber ich komme nie zu einem brauchbaren Ergebnis. Die Zukunft ist ein dickes Fragezeichen.
Am wenigsten würde ich bei „Morgen" an das „Morgen" denken, das da ist, wenn man auf-

steht. Ich mag keinen Morgen, wenn Schule ist, weil ich dann immer sehr viel zu tun habe (Hausaufgaben, PC und Herumtrödeln) und wie fast alle nicht sehr gerne in die Schule gehe. Morgens habe ich schlechte Laune und bin immer zum Umfallen müde.
Meine Eltern legen sehr viel Wert darauf, dass ich früh ins Bett gehe. Am liebsten mag ich den Morgen, wenn die Sonne noch nicht aufgegangen ist und mein Vater mich zum Beten (oder Essen während des Ramadan) weckt. Der Geruch von Frühe, Frische und Vertrauen und der meiner Eltern gibt mir ein schönes Gefühl.
Was ich noch zu diesem Thema sagen will, ist mir eigentlich ziemlich peinlich, aber es ist diesmal mein völliger Ernst. Ich bereue jetzt vieles von dem, was ich früher gedacht und gesagt habe. Das möchte ich korrigieren.
Ich habe das Gefühl, ich habe mich früher selbst belogen. Nach vielem Nachdenken und Recherchieren über mich und die Kulturen, in denen ich bis jetzt gelebt habe, bin ich zu dem Ergebnis gekommen, dass ich zurück in den Iran möchte. Er ist meine erste Heimat und Essen die zweite. Ich habe schon Angst, dass dort nicht alles glatt laufen wird. Doch insgesamt wäre es besser als hier. Im Iran werden die Deutschen und die anderen Ausländer sehr liebevoll behandelt, mit Gastfreundschaft. Aber in Deutschland ist jeder Ausländer einer zu viel. Deshalb möchte ich mein

„Morgen", und zwar das, was Zukunft heißt, nicht in Deutschland verschwenden, sondern im Iran verbringen.
Für die Leute, die ich in Deutschland kennen gelernt habe, bin ich dankbar. Aber mit ihnen sind nicht die Deutschen gemeint. Es sind die Iraner in der Gemeinde, meine Freundinnen und Freunde, die, die mich verstehen, und mein islamischer Lehrer. Mit den Deutschen habe ich keine Probleme gehabt, eigentlich. Aber sie nehmen mich nicht genügend ernst, so, wie ich bin. Aber ich habe meine Klassenkameraden trotzdem gern. Ich werde sie bestimmt vermissen, alle miteinander. Aber sonst ist mir jetzt auch nichts mehr so wichtig. Außer Hannah und Waishna sagt sowieso jeder, ich solle mein Kopftuch abnehmen. Das macht mich traurig, aber bald bin ich ja nicht mehr da. Sie hassen mich nicht, aber sie denken, nur weil ich anders bin und anders denke, andere Interessen habe, bin ich nicht wie sie. Das stimmt zwar, doch bin ich deshalb verrückt?
Ich wollte nie Deutsche sein. Deutschland gefällt mir nicht. Die Bildung ist auch nicht gerade glänzend. Nicht viele Deutsche sind wirklich gut in der Schule. Pia aus meiner Klasse ist eine von wenigen Ausnahmen. In diesem Alter denkt in Deutschland keiner so wie ich. Deshalb möchte ich auch so schnell wie möglich von hier weg. In den Iran. Mit neuen Leuten um mich herum. Mit

meinen Leuten. Wenn ich eine Zeitlang dort bin, werden meine Klassenkameraden netter zu mir sein. Im Iran wird es mir viel besser gehen, denke ich. Mit meiner Familie, mit neuen Freunden. Die einzigen Dinge, die ich wirklich vermissen werde, sind die Gemeinde, mein Zimmer, die Klasse und die Pferde, mit denen ich Freundschaft geschlossen habe. Im Iran möchte ich morgens mit dem Ruf der Straßenhändler aufwachen, mit meiner Familie zusammen frühstücken, zur Schule gehen und in Ruhe leben.
Manche Reitlehrer sagen, man solle sich nicht vom Pferd führen lassen, sondern es selbst führen. Aber ich finde das so nicht ganz richtig. Ich finde es besser, wenn man nicht das Pferd, sondern mit ihm reitet, also in Partnerschaft. Das Gleiche möchte ich auch mit meinem Morgen, mit meiner Zukunft machen. Ich lasse sie eintreten, auch wenn sie nicht klopft, werde aber versuchen, sie wieder hinauszuwerfen, wenn sie nicht nett zu mir ist. Mit anderen Worten: Ich werde das Morgen auf mich zukommen lassen, es aber bearbeiten, falls es öfter Schlechtes bringt. Vielleicht schaffe ich es ja auch, ihm beizubringen, vorher zu klopfen und lieb zu grüßen!
Ich weiß nicht, ob ich einmal für die Ferien nach Deutschland zurückkommen werde. Aber ich weiß, dass ich hier nicht mehr leben möchte. Ich werde auch nicht den Fehler meiner Eltern wiederholen. Meine Kinder sollen nicht in Deutsch-

land geboren werden und aufwachsen. Ich würde ihnen alles kaputt machen. Ich will nur noch hier weg.

Ich wünsche allen ein Leben, das sie nicht von ihrem „Morgen" lenken lassen, sondern zusammen mit ihm! Und dann eine Zukunft, die vorher anklopft und ganz lieb grüßt.

Narges Shafeghati (13 Jahre)

Das tiefe Loch

Als vor drei Jahren meine Mutter an Krebs erkrankte, war das für mich und meine ganze Familie ein großer Schock. Es begann ein langer und harter Kampf gegen diese Krankheit. Wir standen meiner Mutter bei allem zur Seite. Bei den schweren Operationen und bei der quälenden Chemotherapie, die sich über mehrer Monate erstreckte. Natürlich schweißte das meine Familie zusammen. Jeder half dem anderen, über diese Sache hinwegzukommen. Doch als es meiner Mutter wieder besser ging und sie den Krebs endlich besiegt hatte, holte uns die nächste Schreckensnachricht ein. Der Bruder meiner Mutter war ebenfalls an Krebs erkrankt. Bei ihm war es allerdings aussichtslos. Er war unheilbar krank. Ein Jahr lang kämpfte er ums Überleben, aber die Hoffnung wurde immer wieder durch Rückschläge zerstört. Dann erlag er seiner Krankheit, und mit ihm ging ein lebensfroher und sehr geliebter Ehemann, Vater, Bruder und Onkel. Das schweißte meine Familie noch enger zusammen. Es war eine Zeit voller Schmerz und Trauer, in der ich nie gedacht hätte, dass für mich ein neuer Morgen kommen würde. Meine Familie und ich, wir befanden uns in einem tiefen Loch. Doch der neue Morgen kam, und es kam nicht nur ein neuer Morgen, es kamen viele.

Mittlerweile liegt der Tod meines Onkels zwei Jahre zurück, und immer wieder ist ein neuer Morgen gekommen. Egal, wie schlimm es im Leben auch kommen mag, es kommt immer ein neuer Morgen. Wir sollten das Leben und diese neuen Morgen schätzen und unsere Lieben in guter Erinnerung behalten.

Kerstin Wüsten (19 Jahre)

Sie nahm mich in den Arm und drückte mich

Wie jeden Morgen wachte ich auf und machte mich fertig, um in die Schule zu gehen. Doch dieser Morgen war anders. Alles änderte sich. Neuer Morgen, neues Leben, neues Ich.
Meine Eltern waren gerade erst geschieden worden. Ich wollte bei meiner Mutter bleiben und meine jüngere Schwester bei meinem Vater. Jede von uns hatte jetzt ihr eigenes Zimmer, so, wie wir es immer wollten. Doch irgendetwas war anders, und ich fragte mich, woran das liegen könnte. Klar, wir wohnten nicht mehr alle zusammen und mussten uns noch umstellen. Doch es war nicht nur die Umstellung. Mein Vater wohnte weiterhin in unserer alten Wohnung, meine Mutter und ich waren ein paar Häuser weitergezogen.
Nach ein paar Tagen merkte ich erst einmal, wie ungerecht alles abgelaufen war. Alles, was meine Eltern früher für die gemeinsame Wohnung gekauft hatten, war von beiden finanziert worden. Jedoch hatte meine Mutter bei der Scheidung weder Geld noch irgendwelche Gegenstände für sich beansprucht. So sind wir mit unseren wenigen Sachen hier in unsere kleine Zweieinhalbraumwohnung gezogen.
Für meine Mutter und mich war es ein harter Neuanfang. Jedes Wochenende und jeden freien Tag arbeitete ich an unserer Wohnung. Ich tape-

zierte jeden Raum und versuchte schöne und fröhliche Farben zu mixen. Das gelang mir ganz gut, und meine Mutter war glücklich und stolz auf mich. Plötzlich fand ich beim Auspacken unserer Umzugskisten mehrere Briefe. Ich fragte mich, ob meine Mutter sie gelesen hatte, denn einige waren noch nicht einmal geöffnet. Also machte ich die Briefe nacheinander auf und bekam einen Schock. Die Briefe waren von Inkasso – Diensten, Rechtsanwälten und Gerichtsvollziehern. Es war mir ganz klar: MEINE MUTTER HATTE SCHULDEN. Ich addierte die geforderten Summen aller Briefe und kam auf einen Schuldenhaufen von 6000 Euro. Ich war geschockt. Wir hatten kein Geld, um uns neue Möbel zu kaufen, und jetzt noch diese Schulden! Wie kamen wir da bloß wieder raus? Meine Mutter arbeitete ja nur als Aushilfskraft und empfing den Rest als „Hartz IV".
Ich wusste, ich musste meiner Mutter irgendwie helfen. Ich ließ alles stehen und liegen und setzte mich an meinen Schreibtisch. Ich berechnete alles sehr gründlich und erstellte einen Ratenplan. Diesen stellte ich meiner Mutter vor, und sie begann aus Dankbarkeit zu weinen. Sie nahm mich in den Arm und drückte mich.
Um ein neues Leben anfangen zu können, mussten wir zuerst diese Schulden abbezahlen. Monat für Monat. Die Zeit war sehr hart und anstrengend. Doch unser Leben bekam einen neuen Halt

durch die Hoffnung darauf, bald schuldenfrei und ohne finanzielle Probleme leben zu können. Meine Mutter und ich haben uns zusammengerissen und genau gewusst: Wenn wir das nicht packen, dann packen wir nichts! Nach anderthalb Jahren hatten wir unser Ziel erreicht.

Heute sind wir endlich dabei, unsere Wohnung einzurichten. Klar, es war sehr hart. Aber wenn man etwas erreichen will, muss man fest daran glauben und natürlich einen klaren Kopf behalten. Meine Mutter und ich wissen genau: Ohne einander hätten wir es nie geschafft!

Kim Schneider (Pseud.; 18 Jahre)

Wut, Angst und Schmerz sind geblieben

Kannst du dich noch an deine eigenen naiven Kindheitsträume erinnern? Die Träume von einer glänzenden Zukunft, von einem „Prinzen", der vor deiner Tür steht und dich mitnimmt, mit dem du glücklich wirst bis ans Ende deiner Tage? Der Ernst des Lebens ist weg, weit weg.

Bis ein Arzt kommt, Mitleid heuchelt, während er dir im nächsten Atemzug mitteilt, dass du verdammt krank bist. Und plötzlich macht es Peng, deine Welt bricht in sich zusammen. All das Schöne schwindet, es bleiben nur noch Wut und Hass in dir.

Von nun an wird dein Leben durch wochenlange Krankenhausaufenthalte, Operationen, Bestrahlungen und Schmerzen bestimmt. Und immer wenn du denkst, du hättest es überstanden, kommt der nächste Schlag ins Gesicht.

Du siehst Dinge, die du nie sehen wolltest, du darfst kein Kind mehr sein, weil jeder von dir erwartet stark zu sein. Und dann, ganz langsam, wird dir alles und jeder egal. Du wachst morgens auf, denkst dir: „Klasse, noch ein verdammter Tag mehr auf diesem Planeten zwischen all den Heuchlern, die keine Ahnung haben."

Vom elften bis zum sechzehnten Lebensjahr war dies jeden Morgen mein erster Gedanke. Seit einem Jahr gelte ich offiziell als „gesund", obwohl es jeden Tag wiederkommen könnte. Der Hirntumor ist gegangen, aber Wut, Angst und Schmerz sind geblieben. Sie werden nie ganz verschwinden.

Vanessa Meier (19 Jahre)

Ich werde ihn wiedersehen

Ich kam aus der Schule, und mein Opa war tot. Ich wollte es nicht glauben, aber ich musste es glauben. Am nächsten Tag musste ich in die Moschee, um mich von meinem Opa zu verabschieden. Danach traf sich die Familie in Rellinghausen. Der Leichenwagen fuhr durch Rellinghausen, weil mein Opa da gelebt hatte. Den Tag darauf flog meine Familie mit meinem Opa in die Türkei. Ich sagte: „Tschüss, Opa! Ich werde Dich wiedersehen!"
Mein Opa wurde in der Türkei beerdigt. Er musste ein Jahr darauf warten, bis er ein richtiges Grab bekam. Es kümmerte ihn nicht, denn er war ja im Paradies. Als er noch nicht tot war, hatte er in der Türkei eine Grabstätte gekauft, wo alle beerdigt werden, die in meiner Familie sterben. Wenn ich also in zehn, zwanzig, dreißig, vierzig oder fünfzig Jahren sterbe, werde ich auch dort beerdigt.
Ein paar Wochen nach dem Tod meines Großvaters war ich wieder fröhlich. Aber wenn mich jemand an meinen toten Opa erinnert, werde ich wieder traurig. Mein Opa ist jetzt in einer anderen Welt. Ich werde ihn wiedersehen, wenn ich gestorben bin. Dann beginnt für uns beide ein neues gemeinsames Leben.

Cüneyt Gezer (13 Jahre)

Das letzte Mal

In meinem elften Lebensjahr wurde meine Uroma 92 Jahre alt. Sie war eine liebe Frau, die mich, wie man mir erzählte, sehr lieb gehabt hat. In diesem Alter, also mit elf, habe ich mich aber für andere Dinge interessiert als für die Feiertagsbesuche bei ihr. Diesen Fehler sollte ich aber schwer bereuen. Man merkt nicht, wie zerbrechlich das Leben ist, wenn man nicht darüber nachdenkt.

An ihrem 92. Geburtstag war meine Familie in einem Lokal versammelt. Ich weiß, dass wir lange miteinander feierten, bis spät in die Nacht hinein. Als wir dann das Lokal verließen, schworen sich alle, dass dies nicht das letzte Zusammentreffen sein würde. Von wegen! Ich jedoch sah an diesem Abend meine Uroma zum letzten Mal.

Ein paar Monate später stand Ostern vor der Tür. Oma lud uns natürlich zu sich ein, was meine Eltern auch dankend annahmen. Aber ich? Ich wollte viel lieber daheim bleiben und mit meiner Freundin rausgehen. Meine Eltern erklärten sich daher bereit, alleine zu fahren. Im Nachhinein weiß ich heute, ich hätte mitfahren sollen. Aber ich tat es nicht. Ich verbrachte den Tag mit meiner Freundin und hieß abends meine Eltern herzlich willkommen. Sie erzählten mir, dass Oma mich grüßen lasse und dass sie mich sehr lieb habe. Sie verstand, warum ich lieber mit Menschen meines Alters zusammen sein wollte, und sie nahm es hin.

Ich weiß nicht mehr, ob es Tage, Wochen oder Monate später war, ... – eines Tages klingelte bei uns das Telefon. Ich nahm ab. Es war die Mutter meiner Mutter, meine Oma also. Sie klang verweint und verlangte sofort nach Mama. Ich reichte den Hörer weiter. Ich weiß nicht warum, aber ich hatte, nachdem ich den Hörer überreicht hatte, das Gefühl, dass mir plötzlich etwas fehlte. Ich wusste, dass es um Uroma ging, wollte es aber nicht wahr haben. Knapp eine Viertelstunde später kam meine Mutter aus dem Schlafzimmer auf mich zu, schon da fing auch ich an zu weinen.

Bald danach fand die Beerdigung statt. Ich vergoss dort keine Träne und fühlte mich deshalb wie ein Monster. Warum konnten alle ihre Trauer verkünden, nur ich nicht? Ein Verdacht drängte sich mir auf. Hatte ich meine Uroma etwa nicht geliebt? Doch! Ich habe sie geliebt. Ich trauerte jedoch anders als meine Verwandten.

Ich fragte mich, was passiert wäre, wenn ich Ostern bei ihr gewesen wäre. Hätte sie dann länger gelebt? Ich hätte sie auf jeden Fall noch ein letztes Mal gesehen! Aber: sie war an ihrem Geburtstag so fröhlich! Sie hat die ganze Zeit gelächelt. Vielleicht wusste sie, dass ihre Familie, die ihr wichtigsten Menschen auf Erden, nie mehr so zusammen sein würde? Ich habe sie immer noch so in Erinnerung wie an jenem Abend, und ich glaube, dass es so am besten ist. Heutzutage bin ich über jede Einladung meiner Großeltern dankbar und nehme sie an. Denn man weiß nie, was morgen kommt.

Denise Schrade (18 Jahre)

Die einzige Möglichkeit

Es war einmal ein Mädchen, das mit seinen Eltern und Großeltern in einem kleinen Dorf wohnte. Die Eltern besaßen dort ein Stück Land, das sie bepflanzten, um ihr Geld zu verdienen. Seit das Mädchen zur Schule ging, war es jedoch sehr traurig. Es mochte sie nämlich nicht und war nur sehr ungern dort. Nicht etwa, weil es nichts lernen wollte oder weil es die Lehrer nicht mochte. Nein, es war so ungern in der Schule, weil es dort zwei Mädchen gab, die es immer nur ärgerten. Sie zogen ihm den Stuhl weg, wenn es sich gerade hinsetzen wollte, so dass es unsanft auf den Boden fiel und alle Kinder lachten. Sie nahmen ihm vor der Schule den Tornister weg und versteckten ihn so, dass es zu spät zum Unterricht kam. Dann bekam es auch noch Ärger mit den Lehrern. Manchmal nahmen die beiden Mädchen ihm sogar die Hausaufgaben weg und zerrissen ihm die Hefte, damit die Lehrer böse wurden und ihm schlechte Noten gaben.
Das kleine Mädchen war wirklich sehr traurig. Es wusste nicht, was es tun sollte. Es erzählte den Lehrern alles, doch die wollten ihm nicht glauben, dass diese beiden Mädchen so gemein sein könnten. Immerhin wirkten sie sehr lieb und waren dazu auch noch die Töchter ihres Pfarrers. Die Lehrer dachten, dass das Mäd-

chen nur eine Ausrede suchte, um keine schlechten Note zu bekommen, wenn es mal wieder seine Hausaufgaben nicht gemacht hatte oder zu spät kam.
Die Eltern des kleinen Mädchens hatten schon versucht, mit den Lehrern zu sprechen, aber auch ihnen glaubten diese nicht. Sie sagten nur: „Sie wollen doch wohl nicht die beiden lieben Töchter unseres Pfarrers beschuldigen, so gemeine Dinge zu tun!" Da auch der Pfarrer nichts von diesen Anschuldigungen gegen seine Töchter wissen wollte, wussten das kleine Mädchen und seine Eltern keinen Rat mehr. Was sollten sie tun? Sollte das Kind weiterhin mit diesen gemeinen Mädchen zur Schule gehen? Seine Noten wurden immer schlechter, und schon bald traute es sich kaum noch zur Schule zu gehen. Aber es gab in der Umgebung keine andere Schule. Was also sollten sie tun?
Die einzige Möglichkeit, die sie hatten, war wegzuziehen. In die Stadt. Dort würden sie sicherlich eine Schule finden, in der sich das Mädchen wohl fühlte. Aber dann hätten die Eltern all ihren Besitz und alles, womit sie ihr Geld verdienten, aufgeben müssen. Vor allem die Großeltern waren dagegen. Sie wollten nicht weg, weil sie alles, was sie im Dorf besaßen, aufgebaut hatten. Die Eltern hofften daher, dass die beiden Mädchen irgendwann vernünftig würden und ihre Tochter in Ruhe lassen

würden. Aber es änderte sich nichts. Zwei Jahre später hatte das kleine Mädchen noch immer mit denselben Problemen zu kämpfen.
Eines Tages allerdings, als das Mädchen wieder einmal weinend aus der Schule kam, klingelte ein Mann an der Tür. Er machte den Eltern einen Vorschlag. Er wollte ihnen das Land abkaufen, um auf ihm etwas zu bauen. Als Gegenleistung bot er ihnen einen gut bezahlten und auch sicheren Arbeitsplatz in der Stadt bei einem Großbauern an.
Die Eltern waren durcheinander. Sie wussten, dass dies für ihre Tochter die beste Chance war neu anzufangen. Allerdings waren die Großeltern noch immer dagegen. Den Eltern aber war das Glück ihrer Tochter wichtiger. Sie redeten so lange auf die Großeltern ein, bis diese einwilligten wegzuziehen.
In der Stadt begann für das kleine Mädchen nun ein neuer Morgen. Es kam in eine neue Schule mit vielen neuen Mitschülern. Das Mädchen war begeistert, als es sah, wie schön es in der Stadt sein kann. Am meisten aber freute es sich darüber, dass seine neuen Mitschüler alle nett und hilfsbereit waren. Es fand viele Freunde, und die halfen ihm sogar bei den Hausaufgaben, anstatt sie ihm wegzunehmen! Es war niemand mehr da, der es ärgerte, und so bekam das Mädchen schon bald gute Noten. Es war überglücklich in seiner neuen Umge-

bung, was die Eltern und die Großeltern natürlich am meisten freute.

Anna Marcinkowski (18 Jahre)

5. Abschied von der Zukunft?

Ich musste sie alle vergessen

Als ich mich von meinen Freunden und Verwandten im Irak verabschieden musste, begann ich zu weinen. Ich war erst 9 Jahre alt, doch ich wusste, dass es kein Wiedersehen geben würde. Alle waren traurig, traurig und wütend. Sie wollten mich nicht gehen lassen.
Am meisten war Murad wütend. Mit Murad habe ich Fußball gespielt und Nabaneh, und wir zeichneten um die Wette. Auf einmal war alles vorbei. Ich musste ihn verlassen. Murad war mein Freund.
An der Grenze kam mir die Idee, einfach zurückzugehen. Was sollte ich in Deutschland? Mein Vater wartete auf mich in Deutschland und meine Mutter. Also weiter! Traurig, wütend, einsam.
Ich musste sie alle vergessen. Meine Oma, meine Onkel, meine Tanten, meine Cousins, Murad. Ich musste nach vorne sehen.

Hassan Ziad Ody (14 Jahre)

Deutschland ist meine Heimat

Ich heiße Kimete und komme aus dem Kosovo. Meine Eltern sind mit meinem Bruder und mir 1996 aus politischen Gründen aus dem Kosovo geflüchtet. Meinem Vater wurde damals vorgeworfen, Waffen zu Hause zu haben. Aber er hatte natürlich keine, trotzdem kam die Polizei immer wieder und untersuchte alles. Mein Vater musste sich versteckt halten. Meine Eltern sahen schließlich für uns kein Leben mehr im Kosovo und beschlossen zu flüchten.
Als wir dann in Deutschland waren, dauerte es einige Zeit, bis ich mich eingelebt hatte. Ich habe von Anfang an hier die Schule besucht, hatte aber in den ersten sechs Monaten Angst, so dass meine Mutter oder mein Vater mich zur Schule begleiten mussten und gewartet haben, bis sie aus war. Aber dann habe ich es geschafft, ich war eine gute und beliebte Schülerin und hatte auch eine ganze Reihe Freunde.
Plötzlich kam die Mitteilung: Ihr werdet abgeschoben. Meinen Eltern und mir wurde erklärt, dass wir Deutschland verlassen müssten. Wir waren sehr traurig, konnten aber nichts dagegen machen. Wir wurden im Jahre 2001 abgeschoben.
Im Kosovo lebten wir wieder in dem Dorf, wo wir früher gelebt hatten. Es war sehr schlimm für uns, denn unser Haus war durch den Krieg

kaputt, und mein Bruder und ich verstanden die Sprache nicht. Wir hatten dort niemanden, den wir kannten, denn unsere Oma war im Krieg umgebracht worden. Mein Bruder und ich sagten zu unseren Eltern, dass wir da nicht wohnen, sondern wieder weg wollten. Selbst die Schule konnten wir nicht richtig besuchen, denn die Lehrer kamen nach Lust und Laune, und wir hatten einen Schulweg von einer Stunde hin und einer Stunde zurück. Der Lehrer durfte uns schlagen. Es war so schlimm, dass man Angst hatte, zur Schule zu gehen.
Eines Tages wurden wir von Männern mit Masken überfallen. Sie wollten Geld von meinen Eltern und hatten Waffen dabei. Mein Vater sagte, wir hätten kein Geld. Sie erklärten, wir sollten den Kosovo verlassen, da meine Mutter eine Serbin sei. Ich bekam Angst, und mein Bruder begann zu weinen. Einer der Männer ging zu meinem Bruder, trat ihn und schrie: „Halt Dein Maul!". Dann schlug er mit der Waffe meinem Vater auf den Kopf. Mein Vater fiel um. Ich musste weinen, weil ich dachte, mein Vater sei tot. Sie beschimpften uns und meine Mutter als Serben. Danach fesselten sie uns und sagten, dass sie kommen und uns mit Benzin verbrennen würden, wenn wir nicht am nächsten Tag weg seien. Dann gingen sie.
Am nächsten Morgen kam eine Frau und rief uns zu, dass wir schnell weg müssten. Da nahm

meine Mutter Kontakt zu meinem Onkel auf, der in England lebt. Er schickte uns Geld, und wir flüchteten so schnell wie möglich wieder aus dem Kosovo.
Jetzt leben wir endlich wieder in Deutschland, aber nur mit einer Duldung. Ich fühle mich sehr wohl hier, habe viele Freunde und hoffe sehr, dass wir in Deutschland bleiben können. Deutschland ist meine Heimat und nicht der Kosovo. Dort will ich nie mehr hin.

Kimete Gaja (Pseud.; 17 Jahre)

Sven

Ich kam aus Griechenland nach Deutschland.
Eigentlich war ich in der dritten Klasse. Aber ich wurde zurückgesetzt in die zweite, weil ich kein Deutsch konnte. Da war ein Junge, der hieß Sven. Der hat mich immer angeredet. Ich konnte nichts sagen. Kein Wort.
Ich war ganz still. Ich habe ein bisschen Zeichensprache eingesetzt.
Ich spielte mit Sven.
Sven hat mir in der Pause die deutschen Namen für die verschiedensten Sachen beigebracht. Ich konnte nur rechnen, aber nichts sagen. Ich konnte ja nur die griechischen Buchstaben schreiben und lesen.
Sven war mein Freund.
Er hatte viele Freunde. Er brachte mich zu ihnen, aber sie wollten nicht mit mir spielen. Da spielten wir alleine.
Nach ein paar Monaten ist Sven weggezogen – ich glaube nach Dortmund.

Antonius Telikostoglu (13 Jahre)

Der dunkle Schatten

Meine Eltern sind 1986 aus dem Libanon nach Deutschland geflüchtet. Ich habe noch sechs Geschwister, meine drei jüngeren Geschwister und ich sind bereits hier in Deutschland geboren und aufgewachsen. Ich hatte eine glückliche Kindheit. Mein Vater hat sieben Jahre lang bei einer Müllsortierfirma in Kempen gearbeitet, meine Mutter hat sich liebevoll um unsere große Familie gekümmert. Die Schule hat mir Spaß gemacht, und ich war eine gute Schülerin.
Ich hatte viele Freundinnen, unter ihnen viele deutsche Kinder aus unserer Nachbarschaft. Deshalb ist es mir auch nicht leicht gefallen, als wir 1997 von Kempen nach Essen gezogen sind. Aber wir hatten seit Juni 1995 eine unbefristete Aufenthaltserlaubnis, und mein Vater konnte in Essen bei einer Tischlerfirma arbeiten.
Hier in Essen haben wir uns gut eingelebt. Ich habe die Realschule besucht, meinen Abschluss gemacht und nach einiger Zeit auch eine Ausbildungsstelle als Arzthelferin gefunden. Die Arbeit macht mir Spaß, und ich habe ein gutes Verhältnis zu meinem Chef und den anderen Kollegen. Bei unseren Patienten bin ich beliebt, und ich bin froh, wenn ich ihnen helfen kann. Auch meine Geschwister sind in Essen voll integriert und besuchen erfolgreich ihre Schulen.

Seit über einem Jahr lastet jedoch ein dunkler Schatten auf unserer Familie. Ende des Jahres 2004 wurde uns nämlich die unbefristete Aufenthaltserlaubnis entzogen und die sofortige Vollziehung angeordnet. Angeblich handelt es sich bei meinen Eltern nicht um libanesische, sondern um türkische Staatsangehörige. Meine Eltern hätten daher keine Aufenthaltserlaubnis erhalten dürfen.
Mein Vater ist Kurde und als Kind aus der Türkei zu seinen Verwandten in den Libanon gekommen. Meine Mutter wurde im Libanon geboren. Beide fühlen sich als Libanesen, sie sprechen Arabisch und kein Wort Türkisch. Aber beide sollen Eltern bzw. Großeltern haben, die als Kurden in der Türkei registriert worden sind. Deshalb droht unserer ganzen Familie, obwohl wir seit zwanzig Jahren in NRW leben, die Abschiebung in die Türkei.
Seitdem ist die Freude aus unserer Familie verschwunden. Angst vor Abschiebung, Unsicherheit und Ungewissheit beherrschen unseren Alltag. Ich kann manchmal nachts nicht schlafen und bin mit meinen Nerven fast am Ende. Ich spreche deutsch, lebe in und mit der deutschen Kultur, will meine Berufsausbildung abschließen und Arzthelferin hier in Essen werden. Hier ist mein Lebensmittelpunkt. Hier lebe ich mit meinen Freunden und mit meiner Familie. Ich würde gerne mal im Libanon Urlaub machen, um die Heimat meiner Eltern kennen zu lernen. Aber leben,

leben will ich hier in Deutschland – in meinem Geburts- und Heimatland.

Manal Santal (Pseud.; 18 Jahre)

Komm zurück

Eines Morgens stand ich auf. Da schien die Sonne in meine Augen. Doch mein Herz begann zu weinen, und meine Augen füllten sich mit Tränen. Denn diese Gedanken und diese Schmerzen verfolgen mich bis in meine Träume. Immer wenn ich aufstehe und ein neuer Tag anfängt, sind diese Schmerzen und diese Gedanken da. Es sind die Fragen, warum sich alles ändern wird und wann sich alles bessern wird.
Eines weiß ich: Meine Hoffnung stirbt und geht mit mir in das Grab. Wenn ich tot bin, dann kommt ihre Seele weinend an mein Grab und fragt: Wieso hast du mich verlassen? Ich liebe dich. Komm zurück!

Azar Talib (18 Jahre)

Ich habe noch einen Traum

Als ich sechs Jahre alt war, kam ich mit meinen Eltern und meinen drei Brüdern aus dem Kongo nach Essen. An die Zeit dort habe ich kaum noch Erinnerungen. Wir haben zuerst in einem Übergangswohnheim in Burgaltendorf gelebt. Hier waren wir, auch wegen der Sprache und den vielen Flüchtlingen aus unterschiedlichen Ländern, sehr isoliert. Ich habe dann nach einem Förderlehrgang die Grundschule besucht und dort, nachdem ich immer besser Deutsch lernte, viele Schulfreunde kennen gelernt. Aber auch, weil ich gerne und gut Fußball spiele.

Als wir dann von dem Heim in unsere Wohnung nach Essen-Karnap gezogen sind, habe ich das Angebot bekommen, bei Rotweiß Essen Fußball zu spielen. Da war ich neun Jahre alt. Seit dem zehnten Lebensjahr spiele ich in der Jugendmannschaft von Schalke 04. Das macht mir großen Spaß, und ich habe viele Freunde. Auch in der Schule. Ich besuche zur Zeit die neunte Klasse der Hauptschule und komme gut zurecht. Ich bin beliebt und anerkannt und plane, im nächsten Jahr meinen Realschulabschluss zu machen.

Trotzdem werden meine Familie und ich hier nicht richtig froh. Denn wir sind tagtäglich von Abschiebung bedroht, weil wir keine Aufenthaltserlaubnis, sondern nur eine Duldung haben. Diese Unsicherheit und die Angst vor der Abschiebung stehen für uns Tag und Nacht im Raum. Ich kann oft nicht schlafen und mich in der Schule und beim Fußball nicht richtig konzentrieren, weil immer diese Angst da ist, aus der Schule abgeholt zu werden oder nach Hause zu kommen und die Eltern nicht mehr vorzufinden, weil sie abgeschoben wurden.

Einmal hatten wir einen Brief im Briefkasten, in dem es hieß, wir sollten sofort abgeschoben werden. Das löste bei uns allen Panik aus. Mit Hilfe des Rechtsanwalts und der Unterstützung von Lehrern und Schülern konnte die Abschiebung aber noch einmal verhindert werden. Mein Vater will gerne arbeiten, kann aber keine Arbeit ausüben, weil er nur eine Arbeitserlaubnis für zwei Stunden in der Woche hat. Er trägt jetzt ab und zu Prospekte aus. Mein Bruder, er ist inzwischen zwanzig Jahre alt, findet keinen Ausbildungsplatz, weil er als Geduldeter keine Arbeitserlaubnis bekommt.

Mein sehnlichster Wunsch ist es, dass meine Familie und ich hier in Essen bleiben können und wir endlich eine Aufenthaltsgenehmigung bekommen. Und dann habe ich noch einen Traum: Irgendwann möchte ich gerne in der deutschen Fußball-Nationalmannschaft spielen.

Komba Okalo (17 Jahre)

der zug der zeit

ich steh am bahnhof
und warte auf den zug
der mich in die zukunft bringt
doch plagt mich das warten
oder genieße ich es
das warten auf das ungewisse
und fremde auf das
was mir missfällt
ändern kann ich es sowieso nicht
denn die zukunft kommt
also warum auf den zug warten
denn der zug der zeit
nimmt mich sowieso mit
ob ich will oder nicht

Veronika Slabu (17 Jahre)

6. Blick nach vorn

Man könnte optimistisch an morgen denken

Ich stelle mir die Zukunft schön vor. Denn die meisten Menschen möchten aus ihrem Leben etwas Gutes machen. Sie lernen viel und sind hilfsbereit und freundlich. Sie haben Freunde und eine Familie, sie sind an ihrer Umgebung interessiert. Aufgrund technischer Fortschritte sind Reisen in die ganze Welt möglich, und viele können jetzt bereits weit mehr sehen als nur ihr Dorf oder ihre Stadt.

In Zukunft könnte das alles noch viel schneller gehen. Man könnte noch mehr voneinander lernen und vieles sehr viel gerechter verteilen. Vielleicht wäre es möglich, jedem die gleiche Chance auf ein gutes Leben zu geben.

Wenn jedes Kind das Gefühl hätte, seine Mitmenschen würden sich freuen, dass es da ist, und jeder daran glaubte, dass auch dieses Kind etwas Gutes für die Zukunft tun könnte, dann könnte man optimistisch an Morgen denken.

Anja Hilser (19 Jahre)

Ich bin Nummer 101-570

Zuerst möchte ich mich vorstellen. Ich bin Nummer 101-570, doch ihr könnt mich auch Lucy nennen. Wir alle werden von Geburt an registriert. Diese Nummer gibt an, aus welchem Land wir stammen, sowie die Stadt, in der wir leben, und unsere soziale Schicht. Dieses soll bezwecken, dass der Staat uns immer kontrollieren kann, damit wir keine Kriege, Rebellionen oder sonstiges starten, was unsere Gemeinschaft zerstören könnte. Denn unser Wahlspruch lautet: NUR DIE GEMEINSCHAFT BRINGT UNS WEITER. ALLEINE SCHEITERN WIR! Wir haben keine Haare auf unseren Köpfen, denn durch die Chemikalien in der Luft fallen sie uns alle aus. Außerdem ist unsere Gemeinschaft so sehr zerstört, dass wir nur in Gen-Laboren zur Welt kommen können. Unsere Kleidung ist einheitlich. Wir tragen blaue Gewänder, die uns helfen sollen, unsere Gemeinschaft zu stärken. Sie sollen uns ein Gefühl der Zusammengehörigkeit geben.

Jeder von uns hat durch die Klonung zwanzig bis einhundert Geschwister, so dass das Leben von jedem einzelnen gesichert ist. Dies soll bedeuten, dass unseren Geschwistern Organe entnommen werden, die den ranghöheren Geschwistern eingepflanzt werden, wenn diese neue brauchen. Denn ihr Leben ist viel wichtiger

als das von sozial niedrigeren „Menschen". Diese aber können stolz auf das sein, was sie leisten, nämlich ein hochwertiges Menschenleben zu retten. So etwas wie Religion wurde abgeschafft, da mit ihr viele Schwierigkeiten verbunden waren. Dies war auch meine alte Einstellung und die jedes Menschen auf diesem Planeten.
Aber jetzt möchte ich Euch von dem Erlebnis erzählen, das mein Leben verändert hat:
Ich wurde wie alle anderen in einem Labor geboren, und mein Dasein war von diesem Zeitpunkt an vorprogrammiert. Ich sollte in einem Krankenhaus arbeiten und bis zur technischen Professorin mit dem Fachgebiet Organtransplantation aufsteigen. Was da auf mich zukommen würde und welche Gefühle mit diesem Job verbunden waren, wusste ich vorher nicht. Das erfuhr ich eines Tages mitten in meiner Ausbildung.
Ich war wie jeden Morgen auf dem Weg zum Krankenhaus, in dem die Organtransplantationen vorgenommen wurden. An diesem Tag hatte ich das Gefühl, dass an ihm etwas ganz besonderes passieren würde. Als ich auf meiner Etage eintraf, kam mein Abteilungsleiter auf mich zu. Er ordete mich in die obere Etage, auf der unsere Geschwister zur Transplantation lagen und operiert werden sollten. Dort angekommen, ging ich zuerst ins Schwesternzimmer, um meinen Arbeitsauftrag abzuholen. Ich

hatte heute die Aufgabe, das Essen und die Medikamente auszuteilen.

Kaum am ersten Zimmer angelangt, sah ich dort meine Schwester liegen. Ich teilte ihr die Medikamente zu und blickte ihr dabei in die Augen. In ihnen war ein Ausdruck zu erkennen, den ich noch nie vorher gesehen hatte. Sie waren ganz glasig. Und in ihnen war so etwas wie Wasser. Große dicke Tropfen liefen ihr blasses Gesicht hinunter.

Mir fiel auf, dass wir uns sehr ähnelten. Unsere Augen hatten die gleiche grüne Farbe. Beide hatten wir die gleiche ovale Gesichtsform und die gleichen vollen Lippen. Meine Augen begannen sich ebenfalls mit Flüssigkeit zu füllen, und gleichzeitig bekam ich ein komisches Gefühl. Plötzlich fiel mir wieder ein, wie man dieses Nass in unseren Augen nennt und das, was ich sonst gerade verspürte. Das Wasser nennt man Tränen und das Gefühl Mitleid. Beides war mir fremd geworden, denn uns wurden jegliche Gefühle untersagt, weil sie uns schwach machen. Sie sind nicht gut für die Gemeinschaft.

Plötzlich kam ich wieder zu mir und wischte mir die Tränen aus dem Gesicht. Ich fragte meine Schwester, was sie hier mache. Sie antwortete mir nur schwach, jedes Wort war für sie eine Qual: „Ich bin wegen unseres Bruders Nr.103-570 hier. Er braucht ein neues Herz und eine neue Lunge. Ich fühle mich schrecklich, mir tut alles so weh. Die Ärzte müssen mein Leben aber erhalten, damit die Lunge und das Herz noch frisch sind, wenn sie transplantiert werden. Ich kann nicht mehr und will sterben, aber ich habe solche Angst davor. Ich bin nur eine einfache Arbeiterin in einer Fabrik. Aber man kann mich doch nicht einfach wie ein Spielzeug, das nicht mehr gebraucht wird, in die Ecke werfen!"

Sie begann wieder zu weinen, und die Tränen fielen auf ihre Decke. „Ich bin doch genauso wie Du!", fügte sie noch hinzu. Ich war geschockt. So hatte ich die Sache noch nie gesehen. Ich dachte immer, es würde ihnen nichts ausmachen, und sie wären stolz darauf, uns und unserer Gesellschaft zu dienen, damit diese fortbestehen kann.

Diese Schwester war etwas Besonderes. Sie war einzigartig wegen ihrer Gefühle. Sie war wie unsere Vorfahren vor vielen Jahren. Ich sah sie dort liegen an ihren Geräten und Schläuchen. Sie atmete schwer. Meine Augen füllten sich erneut mit Tränen, und ich hatte den Drang, sie zu umarmen. Ich blieb noch so lange bei ihr, bis sie eingeschlafen war. Dann teilte ich weiter die Medikamente und das Essen aus, das allerdings inzwischen kalt geworden war. Mein Chef kam noch zu mir, um mir mitzuteilen, dass ich an der OP meiner Schwester teilnehmen würde.

Als ich mit dem Bus nach Hause fuhr, dachte ich darüber nach, warum wir heutzutage das

Recht haben, jemanden zu töten, um Organe zu bekommen. Warum taten unsere Vorfahren das nicht? Dies aber waren Fragen, die ich nicht beantworten konnte.

Ich blickte mich im Bus um und erblickte zwei andere Schwestern von mir. Sie grüßten mich freundlich. Von ihnen hatte ich schon Nieren erhalten. Ich stellte mir vor, wie sehr sie für mich gelitten hatten, und beschloss, so lange bei meiner Schwester zu bleiben, bis sie gestorben war. Ich wollte ihr die Angst nehmen, so gut ich konnte.

Pünktlich um neun Uhr befand ich mich am nächsten Morgen im Operationssaal meiner Schwester. Sie wurde hineingeschoben. Ich blickte sie an und bewunderte ihren Mut. Als sie in Narkose war, konnte die Operation beginnen. Sie wurde aufgeschnitten, das EKG piepste. Ich hielt ihr während der OP die Hand und sprach mit ihr. Sie sollte sich nicht einsam fühlen. Sie sollte merken, dass sich ein Mensch auf dieser Welt um sie sorgte. Ich sprach ihr immer wieder zu, dass sie vielleicht eine neue, bessere Welt erwarte. Sie lächelte. Ich glaubte, dass sie mich verstand.

Plötzlich hörte ich einen letzten lauten Pieps. Sie war tot. Alle standen teilnahmslos um sie herum, als ob es ganz normal wäre! Für mich war es ekelerregend! Ich spürte ein neues Gefühl in meinem Inneren. Es war Hass. Es war Hass ge-

gen diese Gesellschaft und gegen das naive Leben, das ich bis dahin geführt hatte und das ich jetzt erst bemerkt hatte. Ich rannte hinaus. Der Oberarzt schüttelte nur den Kopf. Als er zu mir kam, sagte er nur: „Machen Sie sich doch keine Gedanken darüber, es ist ganz natürlich! Das haben Sie doch schon oft gesehen. Die Person stammte doch aus einer niedrigen Klasse, nichts weiter!"
Der Oberarzt ging fort und ließ mich mit einer neuen Erkenntnis zurück. Unsere ach so perfekte Gesellschaft dachte nur an sich und an den Profit, den sie daraus schlug. Ich danke meiner Schwester für diese Erkenntnis und für diese Gefühle. Durch sie bin ich menschlich geworden. Mir wurde damals klar, dass ich der erste Mensch seit Jahrhunderten war, der fühlen konnte. Bedauerlicherweise habe ich das erst durch diesen traurigen Vorfall gelernt.
In den Jahren danach habe ich leider nichts ausrichten können, um diese Gesellschaft zu ändern. Ich bin daher die einzige geblieben, die fühlen kann. Für mich ist dadurch ein neuer Morgen gekommen.

Isabel Lüdtke (17 Jahre)

Ich freute mich auf die Schule und die Mathearbeit

An einem Dienstag kam ich mittags von der Schule nach Hause. Als ich an der Haustür ankam, sah ich die Zeitung im Briefkasten liegen. Ich klemmte sie unter den Arm und schloss die Türe auf. Drinnen begrüßte ich wie immer meine Mutter und meinen Opa. Ich zog meine Schule aus und ging ins Wohnzimmer. Dort legte ich die Zeitung auf den Wohnzimmertisch und blickte kurz auf das Datum. Als ich es sah, klopfte mein Herz wie wild. Es war der 13.7.2001. Heute war der Anmeldetermin für das Volleyballcamp. Dafür wollten sich wie jedes Jahr viele Kinder und Jugendliche anmelden. Deshalb sollten die Campteilnehmer ausgelost und die Bekanntgabe, wer ins Camp kommt, durch einen Brief mitgeteilt werden. Der Anmeldetermin war aber doch schon vor zwei Stunden gewesen! Nach diesem Gedankenblitz rannte ich sofort in die Küche. Ich fragte meinen Opa und meine Mutter, ob sie daran gedacht hatten. Sie sagten, dass sie mich angemeldet hätten. Das war wirklich eine Erleichterung für mich, das könnt ihr mir glauben. Mir fiel ein Stein vom Herzen.
Jetzt stellte sich für mich nur noch die Frage, ob ich ins Camp kommen würde oder nicht. Mein Freund Max wollte mit mir ins Camp, da auch er ein begeisterter Volleyballspieler ist. Ich hoffte

genauso wie er, dass er mit mir dort aufgenommen würde. Schließlich wollten wir so schnell wie möglich erwachsen werden, um in der Volleyball-Bundesliga zu spielen. Ein paar Minuten nach diesen Gedanken rief Max mich an und fragte mich, ob ich schon für die Mathearbeit geübt hätte. Ich antwortete: „Nein, das habe ich noch nicht. Ich werde aber gleich damit anfangen." Darauf sagte er zu mir, dass er schon seit ca. zwei Stunden dafür lerne. Da war ich ganz erstaunt. „Sind die Aufgaben denn so schwer, dass man so viel dafür lernen muss?", fragte ich ihn. „Ja, das sind sie", erklärte er. „Wenn ich Du wäre, würde ich direkt anfangen, dafür zu lernen." „Okay, das werde ich tun", erwiderte ich und legte auf.

Ich ging sofort in mein Zimmer, holte mein Mathebuch und setzte mich an den Schreibtisch. Ich schlug die Seite 123 auf und vertiefte mich in die Aufgaben. Nach ungefähr vier Stunden kam meine Mutter ins Zimmer und sagte zu mir, dass das Abendessen fertig sei, ich solle kommen. Ich schlug mein Buch zu und ging ins Wohnzimmer. Dort setzte ich mich hin und aß mit meiner Familie zu Abend. Als wir damit fertig waren, stand ich auf und sah noch etwas fern. Um 21 Uhr ging ich in mein Zimmer und machte mich fertig fürs Bett. Ich stellte meinen Wecker auf 7.30 Uhr, putzte meine Zähne und legte mich hin.

Am nächsten Morgen klingelte mein Wecker pünktlich. Ich stand auf, ging ins Badezimmer und wusch mich. Danach ging ich zurück in mein Zimmer, um mich anzuziehen. Als ich damit fertig war, packte ich meine Schultasche und ging in die Küche, um mir etwas zu essen zu machen.

Da kam mir meine Mutter entgegen. Als ich ihr ins Gesicht sah, stockte mein Herz. Ich war starr vor Schreck und konnte mich nicht mehr bewegen. Ihr Gesicht, es war völlig entstellt. Sie guckte mich verdutzt an. Als ich mich wieder rühren konnte, wich ich erst mal einen Schritt zurück. Ich konnte es nicht fassen, sie sah um zehn Jahre älter aus. „Ist irgendwas?", fragte sie mich. Darauf antwortete ich: „Was ist denn mit Dir passiert?" „Was soll mit mir sein?", fragte sie. „Guck doch mal in den Spiegel", forderte ich sie auf. Das tat sie dann auch. Doch ihr fiel immer noch nichts auf. „Was hast Du denn?", fragte sie mich. „Sehe ich denn anders aus als sonst, oder habe ich etwa einen Pickel im Gesicht?" „Du hast so viele Falten!", erwiderte ich. „Die hattest Du gestern noch nicht! Ach, was erzähle ich da! Du hattest so gut wie gar keine Falten!"

„Das stimmt nicht", sagte sie. „Ich habe doch die Vierzig schon lange überschritten." „Nein, das hast Du nicht!", antwortete ich. „Du bist doch erst vor zwei Monaten vierzig geworden!

Weißt Du das nicht mehr?" „Was erzählst Du da", lachte sie. „Ich spreche zwar nicht so gern über mein Alter, aber ich bin schon fünfzig." „Was?" Ich war ganz verblüfft. „Das soll wohl ein Scherz sein! Wie alt bin ich denn?", fragte ich. „Du nimmst mich wohl auf den Arm", antwortete sie. „Das weißt Du doch genau, dass Du zweiundzwanzig bist!" Ich kam aus dem Staunen nicht mehr heraus. Ich! Der zwölfjährige Junge, der ich gestern noch war, war jetzt zweiundzwanzig. „Das kann doch nicht sein!", erklärte ich. „Was ist denn mit der Schule?" Sie grinste: „Welche Schule? Du studierst doch schon!", sagte sie zu mir.

Oh nein! Das Volleyballcamp konnte ich ja jetzt wohl vergessen. Das war schlimm. Gestern noch wünschte ich mir, so schnell wie möglich erwachsen zu werden. Und jetzt, wo ich erwachsen war, gefiel es mir gar nicht. Jetzt wünschte ich mir aus tiefstem Herzen, dass es so wie früher wäre. Alles hätte ich dafür getan, die Zeit wieder zurückdrehen zu können!

Als ich mir darüber klar geworden war, dass ich nur durch ein Wunder wieder zurück in meine Zeit kommen konnte, versuchte ich das Beste aus meiner derzeitigen Situation zu machen. Ich ging nach diesem ausgiebigen Gespräch mit meiner Mutter zu meinem Opa ins Wohnzimmer. Auch er war gealtert, aber er sah wie immer gut aus. Ich fragte ihn, wo mein Vater ist.

Er sagte mir, dass er schon in der Anwaltskanzlei sei. Ihr müsst wissen, dass er Anwalt ist. Ich setzte mich zu meinem Opa und las ein paar Artikel in der Zeitung. Als ich zufällig auf das Datum blickte, stand dort 13.7.2011. Ich ging auf die Terrasse und sah mich um. Es sah eigentlich alles genauso aus, wie ich es in Erinnerung hatte. Also brauchte ich mich vor dieser Zukunft ja wohl nicht zu fürchten, sondern ich konnte mich darauf freuen. Nach dieser Einsicht wurde plötzlich alles um mich herum weiß. „Was ist denn jetzt schon wieder los?" fragte ich. Ich öffnete meine Augen und sah meinen Opa vor mir stehen. Er sagte: „Du musst jetzt aufstehen und Dich für die Schule fertig machen." Kurz darauf klingelte auch mein Wecker. Ich sprang auf und war überglücklich, dass alles nur ein Traum gewesen war. Ich war so glücklich, dass ich mich sogar auf die Schule und die Mathearbeit freute. Nach diesem Traum wollte ich nie mehr, dass das Leben schnell an mir vorbeizieht. Es sollte langsam vorübergehen, damit ich jeden Moment genießen konnte.

Sebastian Rose (12 Jahre)

Jetzt bin ich der Herrscher

Wir leben im Jahre 2050, wo es seit fünf Jahren Cyborgs, selbstfahrende und fliegende Autos und noch vieles mehr gibt. Man kann jetzt sogar durch die Life-Technologie ewig leben, und die Luftkoppeln erlauben es uns, auf jedem beliebigen Planeten zu wohnen. Doch vor einem Jahr nahm ein Mann namens Eduardo Dos Santos eine Zeitmaschine, um in die Vergangenheit zu reisen und die Welt zu beherrschen.

Das konnte ich natürlich nicht zulassen, ich wollte ihm folgen. Doch als ich zur Zeitmaschine ging, war sie weg. Er musste wohl alle Zeitmaschinen zerstört haben, damit ihm keiner folgen konnte. Er beherrschte dann auch die Welt. Er unterdrückte die Schwachen und machte die Starken zu seinen Soldaten. Auf jedem Planeten herrschte nun Sklaverei.

Eines Tages aber gelang es mir, eine neue Zeitmaschine zu bauen. Ich flog los, um Dos Santos zu suchen. Unterwegs konnte ich fast alle Soldaten überzeugen, mit mir gegen ihn zu kämpfen. Sie kämpften gegen seine Leibwache.

Zum Schluss blieben nur noch Dos Santos und ich übrig. Es gab einen langen und schweren Kampf. Aber ich konnte ihn besiegen. Bevor er starb, sagte er zu mir, dass er mein Zwillingsbruder sei. Jetzt bin ich der Herrscher, und alle leben glücklich und zufrieden.

Bastian Breil (12 Jahre)

Was uns wirklich erwartet

Auf oder unter dem Meer leben, fremde Planeten bewohnen, Erschaffung des ersten Androiden.
Später: Mr. Whorf als Verteidigungsminister, Captain Kirk als Weltenpräsident.
Statt Kirmes eine Reise durchs Stargate nach Atlantis. Bei Gefahr: Rückreisegarantie!
Alles unter Kontrolle.
Menschen mit asozialen Ansätzen werden von Judge Dredd verurteilt, vom Terminator verfolgt und am Schluss vom Highländer geköpft.
Ganze Familien entstehen in Retorten, um schlechte Gene auszuschließen.
Fremde Welten, die wir erobern konnten, werden von den Amerikanern gesäubert! Gott sei Dank, dass wir die haben. Ohne GIs, das sehen wir in allen Filmen, würde sich die Welt nicht drehen.
Wenn ich genau darüber nachdenke, dass unsere Zukunft so aussehen könnte, weiß ich, dass mir unser Heute besser gefällt! Mir ist die Vergangenheit mit Schneemännern und Wattwürmern lieber.
Ich hoffe, dass alle Menschen versuchen werden, die Welt zu erhalten, wie sie ist. Denn wer weiß, was uns in Zukunft wirklich erwartet!

Denise Schrade (18 Jahre)

7. Wünsch dir was

Ich will etwas Wahres

Ich will etwas Wahres, in das ich investieren kann!

Ich will den Tag nutzen und wissen, dass es einen Nutzen hat, auch wenn nur die Liebe in mir ist!

Ich will das Kribbeln, die weichen Knie, die nassen Hände!

Ich will die Lebensfreude und den Optimismus!

Ich will Kraft und Energie und auch die Leidenschaft!

Ich will den Glauben an eine gute, bessere Welt, an das Gute im Menschen!

Das alles will ich zurück!

Was ich habe, ist die Hoffnung, die gute Hoffnung und den Glauben, dass der Morgen mir das alles bringt!

Ich will die Wellen, die mich umgeben, die Kraft haben und diese mir geben, das Leben so zu leben!

Gina Kaulfuß (19 Jahre)

Eigentlich ganz einfach

Ich wünsche mir für alle Menschen der Welt Gesundheit, Glück, Frieden und Zusammenhalt!

Außerdem soll es keinen Krieg mehr geben!

Jeder Mensch soll eine Arbeitsstelle finden, mit der er zufrieden ist!

Ich wünsche jedem Menschen ein langes Leben, besonders meinem Vater, meiner Mutter, meiner Schwester, meiner Oma und meinem Hund Dusty!

Es ist eigentlich ganz einfach: Alle Menschen sollten mit dem zufrieden sein, was sie haben, und immer ein freundliches Wort oder Lächeln für jeden Menschen, egal welcher Hautfarbe, übrig haben. So klappt alles von ganz alleine.

Laura Fahrenholt (10 Jahre)

Sonnenaufgang

Ich bin allein
Und schaue in die ferne
Ein neuer morgen bricht herein
Was wird er mir bringen
Leiden schmerzen oder traurigkeit
So wie es früher oftmals war
Doch ich weiß
Mein leben wandelt sich
Und mit all den lieben menschen
Die mir helfen ich selbst zu sein
Weiß ich
Der morgen ...
Der morgen!
Kann voller licht und wärme sein

Jasmin Otto (18 Jahre)

Mein erster Gedanke

Ich wache auf
und plötzlich
bist du
in meinem Leben.
Ein Morgen,
der alles verändert,
der mich
glücklich macht.
Jetzt
bist Du
an jedem neuen Morgen
mein erster Gedanke.

Alisha Wessel (16 Jahre)

bir sehir istiyorum

bir sehir istiyorum
beni kabul eden
etrafimda insanlar istiyorum
beni seven
yanimda dostlar istiyorum
beni sirtmdan vurmayan
gögüsüne yaslaya bilecegim bir yarim olsun
istiyorum
beni aldatmayan
aile istiyorum
iyi ve kötü günümde yanimda olan
düsman istiyorum
arkamda olan
(Arkadasla düsmani bileyim diye)

Derya Dülger (16 Jahre)

**Ein Land für mein Morgen
(die deutsche Übersetzung)**

Ich will ein Land,
das mich akzeptiert.
Um mich herum möchte ich Menschen haben,
die mich mögen.
Bei mir möchte ich Freunde haben,
die mich nicht hintergehen.
Einen Freund möchte ich haben,
der mir bis zum Tode treu bleibt.
Ich möchte eine Familie haben,
die in guten wie in schlechten Zeiten BEI mir ist.
Ich hätte Feinde,
die HINTER mir sind,
damit ich sehr gut weiß,
wer wirklich meine Freunde sind.

Derya Dülger (16 Jahre)

Mein perfekter Morgen

An meinem perfekten Morgen …

- werde ich einige Minuten vor dem Klingeln des Weckers wach;
- stehe ich mit dem rechten Bein zuerst auf;
- blockiert niemand das Bad;
- treffe ich möglichst keine Familiemitglieder, die mich in belanglose Gespräche verwickeln, welche meine Laune trüben und reine Energieverschwendung sind im Hinblick auf die anstehenden Arbeiten an dem Tag;
- sind möglichst Getränke griffbereit vorhanden, so dass ich nicht gezwungen bin, in den Keller zu gehen, um mir welche zu holen;
- habe ich keinen Hunger, damit ich mir kein Frühstück machen muss;
- habe ich mindestens zehn Minuten Zeit, die Tageszeitung zu lesen;
- finde ich alle meine Sachen, die ich im Laufe des Tages benötige, ohne sie suchen zu müssen;
- regnet es nicht;
- kommt der Bus fünf Minuten zu spät, damit ich nicht zur Haltestelle hetzen muss;

- habe ich einen Sitzplatz im Bus und möglichst keine Person neben mir sitzen, die mich entweder vollquasselt oder mir durch unangenehmen Körpergeruch negativ auffällt;
- habe ich keinen Unterricht, in dem mich das Lehrpersonal übermäßig fordert.

Denn für einen perfekten Morgen ist es unbedingt notwendig, dass ich mich bei Bedarf auch mal entspannt zurücklehnen kann.

Stefan Thoß (19 Jahre)

Wie wichtig das Leben ist

Mein Morgen? Eigentlich ganz gut. Vielleicht bilde ich es mir so ein! Ach, ich weiß nicht. Aber für mich ist jeder Morgen sehr wichtig, weil man nie wissen kann, bis wann man lebt. Ich will jeden Morgen mit meiner Familie verbringen. Denn das sind die Menschen, die mich auf die Welt gebracht haben, die für mich gesorgt haben und die mich immer lieben werden, egal, was ich anstelle. Sie werden immer hinter mir sein.
So will ich es auch in meiner Zukunft haben: eine Familie, die immer hinter mir steht, Freunde, mit denen ich etwas unternehmen kann, und Menschen, für die ich verantwortlich bin.
Vielleicht kommt das ja auch etwas aus meiner Kultur. Ich bin zwar in Deutschland geboren, aber ein türkisches Mädchen.
Aber noch etwas habe ich gelernt: Dass man selber auf seinen eigenen Beinen stehen muss und dass man auf jeden Fall sein Leben nicht von anderen Menschen zerstören lässt. Das zeigt eindeutig, wie wichtig das Leben für einen Menschen ist.
Ich verbringe jeden Morgen glücklich, gesund und mit meiner Familie, egal, wo ich bin und wo ich lebe. Hauptsache glücklich, gesund und mit meiner Familie. Auf jeden Fall möchte ich sie

nicht verlieren, weil in ihr die einzigen Menschen sind, die mich lieben.
Vielleicht ist das ein kleiner Satz für Menschen, die sich das Leben sehr leicht machen. Eltern sind sehr viel wichtiger als alles andere. Etwas Besseres kann man nicht mehr finden.
Deswegen verbringt die meiste Zeit mit Euren Eltern!

Yonca Yildiz (15 Jahre)

Auch Freundschaft ist wichtig im Leben

Die Menschen auf dieser Welt haben verschiedene Meinungen. Jeder stammt aus einer anderen Kultur. Manche sind Christen, manche Moslems, manche Juden.
In der Schule haben Kübra und Ufuk und natürlich auch der Rest der Klasse gelernt zusammenzuhalten. Deswegen finden wir es im Leben wichtig. Wir haben auch mehrere Übungen gemacht wie zum Beispiel ein Coolness-Training oder Spiele, die uns verbinden.
Ich, Ufuk, stelle mir meine Zukunft so vor, dass ich meinen Realschulabschluss schaffe und eine Familie gründe. Ich möchte zwei Kinder haben und DJ werden.
Ich, Kübra, stelle mir meine Zukunft so vor, dass ich meinen Realschulabschluss schaffe, um den Beruf Polizistin zu erlernen. Später, wenn ich meinen Traumberuf erlernt habe, stelle ich mir vor, eine Familie zu gründen.
An Euch alle!
Wir wollen mit unserem Text sagen, wie wichtig Zusammenhalt ist. Auch Freundschaft ist wichtig im Leben. Wir hoffen darauf, dass es an einem neuen Morgen so wird, wie wir es uns vorstellen!

Ufuk Yilmaz (13 Jahre)
Kübra Savasan (14 Jahre)

Im Bewusstsein einer besseren Zukunft leben

Ein Thema, das ich mag, denn das Morgen hat schon begonnen. In jedem Moment gibt es ein Morgen, das durchscheint. Die Wirklichkeit wäre nicht erträglich für mich, wenn ich nicht an das Morgen glaubte. Konkret heißt das: Ich erlebe die Realität in dem Bewusstsein einer besseren Zukunft. So wie jeder Morgen Neues bringt für den Tag, so bringt er mir Hoffnung. Dass es ein neues Morgen gibt, ist auch eine religiöse Theorie, der ich nur zustimmen kann. Gott ist wie ein neuer Morgen, er wird es richten.
Ich fabuliere:
Es war einmal ein Junge, der glaubte nicht an das Morgen. Er war deshalb ohne Hoffnung und Zuversicht. Dieser Zustand war für ihn und seine Seele unbefriedigend. Er suchte und suchte, bis er es fand: das, was ihn beruhigte. Er fand Menschen, die ihn mochten. Er fand Trost, wo er ihn brauchte. Er fand Güte und Strenge, je nach Lage, gerade richtig für seine Seele. Er merkte, das Morgen war da, es lag nicht in weiter Ferne. Da, wo Mitmenschlichkeit herrscht, hat jedes Morgen eine Chance, wie immer es aussehen mag. Der Junge wusste nun: Für mich gibt es ein Morgen voller Hoffnung und Sinn.

Diese Geschichte ist meine Geschichte. Ich stehe dazu.

Rabih Semmo (17 Jahre)

Noch eine Geschichte

Es gibt noch eine Geschichte, die ich erzählen möchte:

In einem Land lebte ein König, der war sehr reich. Einer seiner Söhne sollte nun seine Nachfolge antreten. Er musste entscheiden, wie die Zukunft des Landes wohl aussehen könnte. Viele Dinge, die sein Sohn für wichtig erachtete, akzeptierte der alte König nicht: noch mehr Reichtum für sein Land, viele windige Geschäfte, die Erfolg versprechend klangen, oder auch Anerkennung durch Macht. Aber er gab nicht auf, seinem Sohn bei der richtigen Auswahl zu helfen.

So kam es, dass zum Schluss nur eines übrig blieb: die Liebe zum Volk und das Wohlergehen aller in Frieden und Eintracht.

So sollte das Reich gesichert sein für alle Zeit.

Wäre doch schön, oder!?

Rabih Semmo (17 Jahre)

Meine Zukunftspläne und ich

Ich heiße Derya Dülger und lebe seit sieben Jahren in Essen. Die anderen neun Jahre habe ich in Nürnberg gelebt. In der Vergangenheit sah das Morgen, also die Zukunft, ganz anders aus. Man hatte eine Arbeit und arbeitete bis zum Tod oder bis man in Rente ging. Jetzt muss man sehr flexibel sein, um überhaupt arbeiten zu dürfen. In der Vergangenheit waren die Menschen, ihr Verhalten und auch ihr Verhältnis zu anderen ganz anders. Ich persönlich meine, dass die Menschen früher viel menschlicher, sorgsamer, respektvoller, freundlicher und liebevoller waren. Egal wo. Ob hier in Deutschland, in der Türkei, in Polen oder anderen Ländern.
Mein Morgen sehe ich nicht so traumhaft schön wie früher. Denn die Gesellschaft wird immer drastischer. Es gibt immer mehr Jugendliche, die gewalttätiger, respektloser und auch, wenn man es so ausdrücken darf, verhaltensgestörter sind. Wenn ich auf der Straße Jugendliche sehe, die nur „rumhängen" und sich nur auf Computerspiele und aufs Fernsehen konzentrieren oder Spiele spielen wie „Alarm für Cobra 11, drisch drisch", oder Mädchen, denen die Jungen wichtiger sind als die Schule, dann frage ich mich persönlich: „Ey, wo lebe ich? Wie können solche Kinder meine Zukunft sein? Denn die Kinder sind unsere Zukunft. Aber wohin mit ihnen?

Okay, ich habe meine Zukunft, mein Morgen, geplant:

- Abitur
- Ausbildung oder Studium
- in die Türkei ziehen
- Familie und Karriere
- mit meiner Familie in ein schönes Haus ziehen
- arme Menschen, die nicht in einer guten finanziellen Lage sind, moralisch wie auch wirtschaftlich unterstützen.

Aber das ist alles nur ein Traum. Das zeigt der Krieg zwischen Amerika und dem Irak. Im Irak haben bestimmt viele Menschen ähnliche Träume gehabt wie ich. Und jetzt? Jetzt ist dort (fast) alles zerstört. Und nun? Nun ist dort Waffenstillstand. Und? Es starben und sterben Tausende von unschuldigen Menschen. Ist denn wenigstens der Grund in Ordnung, warum diese Menschen ihr Leben lassen müssen? Nein. Erdöl ist kein Grund. Es gibt aber auch Länder, die wollen die Macht in der Welt haben. Dies gab es zwar auch in der Vergangenheit, doch hat die Technik gewaltige Fortschritte gemacht.
Ich denke, dass die Menschen heute viel egoistischer sind als in der Vergangenheit. Wer denkt schon als Mensch an die anderen Menschen, die darunter leiden könnten. Hauptsache ich und

wieder ich. Öfters heißt es auch: ich und das Geld. Doch wer protestiert dagegen? Auch wenn ein Mensch das tun würde, wer würde es wahrnehmen? Keiner oder zumindest nicht viele. Dass so viele Menschen nur an ihr eigenes Geld, an ihr Wohlergehen und an ihre Macht denken, führt dazu, dass viele von uns eigentlich kein Morgen haben. Wir leiden nur darunter.
Pläne hat jeder Mensch. Man kämpft mit der Welt darum, die eigenen Pläne zu verwirklichen. Aber wenn man alleine gegen viele kämpft, dann verliert man den Kampf doch, oder? Ich habe Pläne. Ich hoffe auch, dass jeder Mensch Pläne hat. Aber ob sie wahr werden?
Ob meine Fragen ihre Antworten bekommen?

Derya Dülger (16 Jahre)

Nicht nur während der WM

Morgen ist es endlich soweit, die Fußballweltmeisterschaft in unserem Land beginnt. Die meisten Menschen sind schon sehr aufgeregt, viele wegen den Ergebnissen, andere wegen der Sicherheit. Es ist sehr traurig, dass man Angst haben muss, dass bestimmte Personen (z. B. Rechtsradikale) in unserem Land den Gästen aus anderen Ländern Schaden zufügen könnten. Es heißt doch:

DIE WELT ZU GAST BEI FREUNDEN!

Warum halten sich nicht alle daran? Es ist doch gar nicht so schwer. Ich finde es erschütternd, da es doch eine so schöne Veranstaltung ist. Es müssen sich nur alle an die Regeln halten.

Durch die WM haben alle Nationen die Möglichkeit, sich besser kennen zu lernen. Wir können auf verschiedenste Weise miteinander kommunizieren, einfach eine Menge Spaß haben und miteinander lachen.

Hoffentlich wird es eine friedliche Veranstaltung ohne jegliche Vorfälle! Dann wird es den Spielern mehr Freude machen. Sie müssen keine Angst haben und können sich so besser auf den Fußball konzentrieren. Durch faires Verhalten aller werden sicher auch bessere Spiele stattfinden. Alle werden ihren Spaß haben und mit positiven Gedanken an die WM in ihr Land zurückkehren.

Und vielleicht treffen wir alle ja einmal wieder. Denn es heißt ja:

DIE WELT ZU GAST BEI FREUNDEN!

– und das nicht nur während der WM!

Christina Giese (12 Jahre)

Der Morgen ist ein Geschenk

Ein guter Morgen ist, wenn man aufwacht und die Sonne scheint und keiner einen nervt, dachte sich Sophie, als ihre kleine Schwester laut kreischend an diesem Sonntagmorgen durchs Haus lief und das gesamte Inventar des Hauses samt Hund weckte. Außer der Mutter, die unter chronischen Schlafstörungen bis hin zum nächtelangen Wachbleiben litt, was bei ihr zu einer chronischen „Ich-hab-schlechte-Laune - Krankheit" führte.
Also saß die Frau des Hauses, genannt Ursula – der Vergleich mit dem schrecklichen Seeungeheuer „Ursula" scheint an diesem Morgen geradezu verblüffend –, in der Küche und hielt sich ihren Rücken. Jeden Morgen ein neues Problem! Einmal schlafen wie Schneewittchen, dachte sie sich und schloss ihre müden Augen. In all den Jahren der Arbeit, verbunden mit finanziellen Sorgen, war ihr Schlaf immer dünner geworden. Wie mein Haar, dachte sie sich und stand, ohne ihm weiter Beachtung zu schenken, seufzend auf, um sich auf den Weg zu ihrer Jüngsten zu machen.
Die Jüngste, sie hieß Marie, stand zum besagten Zeitpunkt im Garten hinter der großen Eiche. Nach etwas längerem Suchen in ihren Hosentaschen fand sie, wonach sie suchte: ein etwas verklebtes, für sie riesig wirkendes Himbeerbon-

bon. Ihre Augen funkelten, als sie sich das besagte Bonbon in den Mund schob. Mit geschlossenen Augen schmeckte sie den zuckersüßen Himbeergeschmack und lauschte, wie der Wind die Blätter bewegte. Eine Wehe zerzeuselte ihr blondes Haar, und das kleine Mädchen begann zu lachen. Was für ein wunderschöner Morgen, sagte es zu sich und lauschte noch eine Weile zufrieden dem Spiel der Natur.

Für kleine Dinge Zeit haben und sich daran erfreuen, das macht das Leben aus, dachte sich der Herr des Hauses, als er sah, wie seine jüngste Tochter lachend im Garten auf der Wiese saß. Der Blick in die Zukunft, Tag für Tag, jeden Morgen, gab ihm zwar die Hoffnung darauf, dass sich einiges besserte, aber hatte er sich so sein Leben vorgestellt? Zermürbt von seinen pessimistischen Ansichten? Jeden Tag aufs Neue der Kampf gegen sich und alle? „Papa", hatte seine Tochter einmal zu ihm gesagt, als er grimmig am Frühstückstisch saß, „Papa, jeder Morgen ist ein neuer Anfang." Hatte sie nicht Recht? Sollte man nicht dafür dankbar sein, jeden Tag etwas Neues erleben und neu beginnen zu können? Oder gar zu dürfen?

Mit einem Lächeln im Gesicht dachte der Herr des Hauses an seine längst verstorbene Mutter. Pflegte sie nicht ständig zu sagen: „Jeder ist seines Glückes Schmied?". Und sie hatte Recht. Erst heute verstand er die Bedeutung. Der Mor-

gen ist der Beginn eines jeden Tages, ob gut oder schlecht, ob schön oder nicht. Es bleibt vorerst ungewiss. Für jeden von uns. Und als er so nachdachte und dabei seine jüngste Tochter beobachtete, fiel es ihm ein: Man muss – oder vielmehr: ich muss – wieder lernen, den Morgen zu genießen.
Denn ist es nicht offensichtlich? Der Morgen ist ein Geschenk. Er schenkt einem zwölf Stunden für den Tag, welcher einen in die Nacht leitet. Der Morgen lässt einen jeden Tag neu beginnen. Und was ist aus dem täglich neu erklingenden Gruß „Schönen guten Morgen!" bloß geworden? Täglich nahm er diese Begrüßung auf, grüßte aus Höflichkeit zurück, ohne die Bedeutung zu greifen. Der Morgen bestimmt unser aller Leben. Jeder ist seines Glückes Schmied. Jeder legt für sich fest, wie er den Morgen erlebt, und ist, verbunden mit den Geschehnissen in seinem Umfeld, für dessen Verlauf verantwortlich.
An diesem Morgen war der Herr des Hauses besonders froh. Froh darüber, in der Vergangenheit einige Morgen genutzt zu haben, um ihren Verlauf ins Positive zu wenden. Aber auch froh darüber, an diesem Morgen den Tag mit seiner Familie neu beginnen zu können.

Inga Eggert (20 Jahre)

Wir sollten alle an einem Strang ziehen

Die Jugendlichen in unserer Generation beschäftigen sich mit Fragen, die man sich in unserem Alter eigentlich gar nicht stellen sollte. Sie machen sich heute schon Sorgen darüber, wie sie einen gewissen Lebensstandard erreichen können. Sie meinen dabei nicht ein Leben im Luxus, sondern eher, wie sie es überhaupt schaffen können, auf eigenen Beinen zu stehen. Nicht selten kriegt man auf die Frage „Was ist los?" die Antwort „Nix los, arbeitslos!". Allein dass diese Phrase in den sprichwörtlichen Sprachgebrauch der Jugendlichen eingegangen ist, zeigt, dass sich einiges in unserer Gesellschaft gedreht hat, dass eine gewisse negative Grundeinstellung schon normal ist.

„Damals", kriegen wir immer zu hören, „gab es genügend Arbeit für jeden und alle." Man brauchte quasi nur auf die Straße zu gehen und danach zu fragen. Die Arbeit kam einem regelrecht entgegengeflogen. Arbeitslose gab es kaum. In unserem heutigen Deutschland sieht das leider alles ganz anders aus. Die Volkskrankheit unserer Gesellschaft ist die Arbeitslosigkeit, und die betrifft alle sozialen Schichten. Sie hat nichts mehr mit Faulheit und mangelnder Bildung zu tun. Dies ist schon daran zu erkennen, dass auch viele, die die Hochschule besucht haben oder zumindest die Hochschulreife besitzen, arbeitslos sind. Das muss etwas heißen ...

Die Jugendlichen in unserer Gesellschaft müssen sich etwas einfallen lassen, um sich im Kampf um die Mangelware „Arbeit" zu behaupten. Das ist jedoch besonders schwer, wenn einem von dem näheren Umfeld im Hinblick auf die Zukunft ein gnadenloser Pessimismus eingetrichtert wird. Dieser Pessimismus scheint sich wie ein Dominoeffekt zu verbreiten. Uns ist jetzt schon klar, dass wir den Beruf, den wir erlernen, nicht unser Leben lang ausüben werden, zumindest nicht in derselben Firma.

Das größere Problem besteht jedoch darin, überhaupt erst mal eine Arbeit zu finden, die einem – im besten Falle – auch noch Spaß machen sollte. Sobald man diesen Weg mit Erfolg beschritten hat, kann man sich sehr glücklich schätzen und sich in einer gewissen Sicherheit wiegen. Doch was müssen wir tun, um diese Sicherheit zu erlangen?

Es ist heute mehr denn je vonnöten, sich mit einer positiven Einstellung dieser ganzen Problematik zu stellen, um Erfolg zu haben. Man sollte sich früh genug darüber klar sein, wo man später stehen möchte und wie man dies am besten erreichen kann. Eine positive Grundeinstellung ist wichtig, weil sie es einem erlaubt, zielstrebig und mit Power an die Sache heranzuge-

hen und so auf der Seite der Gewinner zu landen.
Selbst wenn das gesamte Umfeld zu versinken scheint, sollte man nie die Hoffnung aufgeben und trotzdem an sich glauben. Man sollte sich nicht von den negativen Einflüssen um einen herum in den Sumpf ziehen lassen. Man sollte das Problem als Chance sehen, sich zu beweisen, und sich den Schwierigkeiten stellen, um sie zu bewältigen. Selbst ein Scheitern sollte nicht zu negativ gewertet werden. Nicht umsonst heißt es, dass man aus Fehlern lernt.
Es wäre jedoch schön, wenn man als Jugendlicher hier öfter Hilfe bekäme, um diese Hürden zu meistern. Denn oft genug sieht man, dass selbst erwachsene Leute damit nicht zurechtkommen. Diese Bitte um Hilfe stellt sich aber nicht nur den Politikern, sondern auch den Eltern, den Lehrern und den anderen Mitmenschen. Auch den Jugendlichen selbst stellt sie sich. Wir alle sollten an einem Strang ziehen, uns gemeinsam den gegebenen Problemen stellen und sie hoffentlich zusammen lösen.

Sascha Brandt (19 Jahre)
Florian Stadie (18 Jahre)

8. Nachbetrachtung

Wir alle sollten an einem Strang ziehen!
Kinder und Jugendliche über ihr Morgen zwischen den Kulturen

***Morgen.* Ein schillernder Begriff**
Schaut man einmal im Internet-Lexikon Wikipedia nach, so findet man für das Wort *Morgen* verschiedene Bedeutungen. Zum einen meint es den Beginn eines Tages, zum anderen den nächsten Kalendertag und zum dritten die nahe Zukunft. Es steht aber auch für ein altes Flächenmaß sowie für den Titel des Buches *Morgen – Die Industriegesellschaft am Scheideweg*, das von Robert Havemann verfasst wurde. Robert Havemann war bekanntlich ein Naturwissenschaftler, der im Dritten Reich zum Widerstand gehörte und dann in der DDR wegen seiner Kritik am DDR-Regime bis zu seinem Lebensende Berufsverbot und Hausarrest erhielt. In seinem Buch versuchte er soziale und ökologische Reformkonzepte für eine Industriegesellschaft der Zukunft zu entwickeln.
Das Wort *Morgen* bezeichnet aber auch den SS-Richter Konrad Morgen, der als Chefrichter in Krakau für das Konzentrationslager Auschwitz zuständig war und unmittelbar mit der NS-Vernichtungspolitik zu tun hatte. Auf recht eigentümliche Weise steht es dadurch für eines der schlimmsten Kapitel der deutschen Geschichte.

Und schließlich ist *Morgen* der deutsche Name für die polnische Kleinstadt Kumielsk in der Nähe von Johannisburg (Pisz), die 1428 vom Deutschen Ritterorden, einem der bedeutendsten geistlichen Ritterorden des Mittelalters gegründet wurde. Er signalisierte den Siedlern damals die Hoffnung auf eine wirtschaftlich sichere Zukunft, den Pruzzen jedoch, die ja von dort vertrieben wurden, die Vernichtung ihrer Existenz bis hin zum kulturellen und physischen Tod.

Morgen ist also ein recht schillernder Begriff, mit dem sich die Kinder und Jugendlichen in Essen, der Kulturhauptstadt des Jahres 2010, auseinander gesetzt haben. Er wirkt, je nach dem, wie er gebraucht und welche Perspektive eingenommen wird, zukunftsschaffend oder zukunftszerstörend. Was bedeutet es also, wenn Kinder und Jugendliche aus Essen über ihr *Morgen* sprechen?

Skepsis statt Aufbruchstimmung
Ganz viel spiegelt sich von dem, was in dem Begriff steckt, in den Texten wider, die für die Anthologie *Dann kam ein neuer Morgen* entstanden sind. Positiv ist es sicherlich zunächst einmal, dass so viele Kinder und Jugendliche diese Form des literarisierenden Schreibens als Möglichkeit der Standortbestimmung für sich entdeckt haben und nutzen, manche von ihnen

nach *Fremd und doch daheim?!* bereits zum zweiten Mal. Sie vergewissern sich ihrer selbst, um von da aus den nächsten Schritt in Richtung Zukunft zu gehen. Sie haben Kraft und sind bereit sich zu engagieren, und zwar, wie es etwa bei Gina Kaulfuß heißt, über die eigenen Grenzen hinaus (S.80). Das ist bemerkenswert und zukunftsorientiert.

Gleichwohl zeigen die gesammelten Beiträge, dass die Verfasser ihrer Zukunft außerordentlich skeptisch gegenüberstehen. Das gilt für diejenigen, die in Essen geboren wurden, genauso wie für diejenigen, die erst später zugezogen sind oder einen Migrantenhintergrund haben. Sie haben zwar ihre Wünsche und Träume, entwickeln jedoch in der Regel keine konkreten Pläne, wie sie ihre Vorstellungen verwirklichen können. Sie zweifeln offenkundig daran, dass sie ihr Ziel erreichen können, und konzentrieren sich deshalb auf das Naheliegende, auf den nächsten Schritt. Sie leben „von der Hand in den Mund", anstatt den Blick mutig nach vorn zu richten. Eine erschreckende Perspektive für eine Gesellschaft, die auf das innovative Potential ihrer jungen Bürgerinnen und Bürger angewiesen ist.

Fehlende Perspektiven
Einige Jugendliche haben offensichtlich sogar schon mit ihrer Zukunft, mit ihrem *Morgen*, ab-

geschlossen, weil sie keine Perspektive für sich sehen. Das ist bitter, wenn man bedenkt, dass sie ihr Leben ja eigentlich noch vor sich haben. Sie kolportieren fatalistische Haltungen und richten sich im Niemandsland des Hier und Jetzt ein. Der Zug in Richtung Zukunft ist für sie abgefahren, stattdessen fahren sie – so Veronika Slabu (S. 121) – mit im Zug der Zeit. Es scheint für sie keinen gradlinigen und raumgreifenden Weg in eine selbstbestimmte Zukunft zu geben. Zu groß sind die Steine, die auf ihrem Weg liegen, zu groß ist die Differenz zwischen dem, was sie sich erträumen, und dem, was sie offenkundig zu leisten imstande sind.

Leistungsträger zu sein, genügt heute nicht mehr
Die Gründe, die zu dieser recht pessimistischen Sicht geführt haben, sind vielfältig. Während die einen tatsächlich zu wenig leisten und ihr Können falsch einschätzen, ziehen die anderen pragmatisch, hochmotiviert und pflichtbewusst alle Register, um die gestellten Leistungsanforderungen zu erfüllen. Sie kommen trotzdem nicht an ihr Ziel. Leistungsträger zu sein, genügt heutzutage nicht mehr, um sich erfolgreich seine Zukunft aufzubauen.
Offensichtlich passen viele junge Menschen nicht mehr in die Kosten-Nutzen-Rechnung von Betrieben und Universitäten. Sie bleiben auf der

Strecke, wenn sie sich trotz ihrer herausragenden Leistungen nicht mit deutlich weniger attraktiven Berufsfeldern zufrieden geben. Ein Verdrängungswettbewerb also, bei dem oftmals nicht mehr die persönliche Begabung und Eignung zählt, sondern die bloße, numerisch quantifizierbare Leistung. Dass das keine gute Basis ist, auf der man eine sinnstiftende Existenz aufbauen kann, versteht sich von selbst.

Ob hier die Kinder und Jugendlichen Opfer der allgemeinen Unsicherheit sind, die unsere Gesellschaft angesichts der globalen wirtschaftlichen Herausforderungen erfasst hat? Es scheint so. Die Bedrohung durch Krieg, Terroranschläge und Naturkatastrophen, die ja nicht nur durch die Berichterstattung in den Medien näher an uns herangerückt ist, trägt zusätzlich zu dieser Verunsicherung bei.

Dass die Kinder und Jugendlichen ihrer Zukunft so skeptisch gegenüberstehen, bestätigt die Shell-Studie 2006. Sie belegt, dass die schwierige Wirtschaftslage und die steigende Armut weiter in den Brennpunkt ihrer Befürchtungen gerückt sind. Der Anteil der Jugendlichen, die Angst haben, kein Ausbildungsangebot zu bekommen oder ihren Arbeitsplatz zu verlieren, ist seit 2002 dramatisch gestiegen (vgl. Klaus Hurrelmann u. a., *Shell-Studie 2006. Eine pragmatische Generation unter Druck*, Frankfurt/Main 2006, S.171 ff.).

Migrantenkinder im existentiellen Dauerstress

Eine besondere Problemgruppe stellen die Kinder und Jugendlichen mit Migrationshintergrund dar, die ja – den international vergleichenden PISA - Studien zufolge – weiterhin klar zu den Verlierern unseres Bildungssystems gehören. Betrachtet man die Texte, die sie für diese Anthologie geschrieben haben, so fällt auf, dass viele von ihnen ihr Dasein in Deutschland als Grenzerfahrung beschreiben. Sie wollen in unserem Land ihre persönliche Mitte finden, schaffen dies aber aus den unterschiedlichsten Gründen nicht. Mehr als ihre Altersgenossen aus anderen Milieus befinden sie sich bewusst oder unbewusst in einem Dauerstress, in einer permanenten existentiellen Notlage. Sie empfinden den Wechsel von der Kultur ihres Herkunftslandes zu der, die sie in Deutschland vorfinden, als Bruch. Sie stehen in der Regel zwischen einem „Entweder - oder" und nicht vor einem „Sowohl – als – auch". Das fördert den Rückzug in Parallelgesellschaften, und zwar bei Deutschen wie bei Nichtdeutschen. So entsteht eben nicht der „Kitt", der unsere Gesellschaft zusammenwachsen lässt und uns alle miteinander nach vorne bringt.

Identifikationsmöglichkeiten zwischen den Kulturen gesucht
Kinder und Jugendliche aus Migrantenfamilien benötigen Identifikationsmöglichkeiten, bei denen sie die kulturellen Traditionen ihres Herkunftslandes nicht alle über Bord werfen müssen. Sie müssen vielmehr in ihnen Anknüpfungspunkte finden für das, was sie in ihrer neuen Heimat benötigen, und dies in sich wandelnder Weise weiter tradieren können. Was sie brauchen, sind Menschen mit Vorbildfunktion. Solche, die selbst zwischen den Kulturen stehen oder sich da hinstellen und Beispiel geben. Solche, die sie im Alltag begleiten und für sie eine Brückenbauerfunktion übernehmen. Solche, die Vertrauen schaffen und trotz aller Schwierigkeiten Mut machen. In Aktion treten müssen diese überall dort, wo sich Menschen in der Gesellschaft beggegnen: im Kindergarten, zu Hause, bei Freunden, in der Schule, auf Ämtern, in den Betrieben, in den Sport- und Kulturvereinen, in den Kirchen, in den Moscheen usw.. Sicherlich gibt es viele, die sich in diesem Sinne ehrlich für ihre Mitmenschen engagieren. Das beschreibt beispielsweise Yoroka Ali Hamepko im Hinblick auf seinen Deutschlehrer (S.76). Es reicht jedoch bei weitem nicht aus.
Ähnlich sieht es aus für die Kinder, die aus sozial schwachen Familien stammen. Auch sie benötigen eine klare Orientierung über ihren bis-

herigen sozialen Rahmen hinaus, um das Milieu, in dem sie geboren wurden, verlassen zu können. Was zur Zeit für junge Menschen geschieht, ist, insgesamt betrachtet, zu wenig. Jeder müsste diese Brückenbauerfunktion wahrnehmen, egal, woher er kommt und wo er zu Hause ist, egal, wo er arbeitet und in welcher Funktion. Es geht nicht einfach nur darum, mal in diesem Sinne aktiv zu werden. Es ist vielmehr notwendig, die eigene Lebenshaltung dahingehend auszurichten, und zwar so, dass sie sich auch nicht durch ein vorläufiges Scheitern in den Bemühungen aufhalten lässt. Die sozialen Rahmenbedingungen müssen sich für die Kinder und Jugendlichen ändern, und zwar bis in Fragen der Stimmung hinein. Wie soll sich jemand behaupten können, wenn ihm immer wieder in seinem Umfeld durch das persönliche Beispiel oder durch das, was geäußert wird, signalisiert wird, es habe ja sowieso keinen Zweck? Wenn für persönliche Entwicklungen kein Raum gegeben wird, sondern - etwas überspitzt formuliert - diktiert wird, was zu geschehen hat? Vorgaben haben nur einen Sinn, wenn auch gezeigt wird, wie sie zu erfüllen sind, und wenn dies für die Betroffenen berechenbar ist.

Das elterliche Vorbild

Vier Personengruppen – so die jungen Autorinnen und Autoren – haben eine besondere Verantwortung für junge Menschen, und das ist sicherlich überall in der Bundesrepublik so. Zunächst einmal sind es die Eltern, weil sie es sind, die ihren Kindern Geborgenheit und „Nestwärme" bieten. Die ihnen Beispiel geben und sie in dem, was sie tun, bestärken. Die ihnen aber auch da, wo es nötig ist, Grenzen setzen und ihnen „Reibungsfläche" bieten. Bei den Migrantenkindern sind sie es immerhin gewesen, die dafür verantwortlich sind, dass die Familie nach Deutschland ausgewandert ist. Sie sind vor allen anderen das Bindeglied zwischen alter und neuer Heimat, sie kennen ihre Sprösslinge am besten. Und sie sind es, die ihnen mit ihrem integrativen Vorbild den Weg in eine lebenswerte Zukunft zeigen.

Wenn die Eltern ihre Kinder jedoch nicht angemessen darauf vorbereiten, was auf sie zukommt, und sie nicht ausreichend seelisch begleiten, wird der Schritt in das neue *Morgen* für die Betroffenen zu einem Alptraum. Er kann zu einem schweren Trauma führen, das sie ihr Leben lang begleitet. Genauso ist es, wenn Eltern ihren Kindern nicht genügend Raum geben, sich eigenständig zu entwickeln. Die Anthologie enthält einige Texte, die genau das auf literarischer Ebene spiegeln und befürchten lassen.

Die Kinder bleiben offensichtlich mit ihren Fragen und Nöten allein und können sich möglicherweise deshalb nicht mehr zurecht finden. Welche Folgen das für sie selbst hat und für die, die mit ihnen zu tun haben, vermag man sich gar nicht auszumalen. Da ist Handlungsbedarf.

Fachlich und erzieherisch kompetente Lehrkräfte
Die zweite Personengruppe, die eine besondere Verantwortung trägt, ist die der Lehrerinnen und Lehrer. Genannt werden in den Texten solche, die an Schulen unterrichten, und solche, die in Moscheen und anderen religiösen Stätten Religionsunterricht erteilen. Sie sollten schon aufgrund ihres Amtes Mittler sein. Denn sie sind für die Kinder und Jugendlichen in der Phase ihres Lebens verantwortlich, in der bei ihnen die Weichen für ihre Zukunft gestellt werden. Verantwortung tragen sie fachlich wie menschlich, genauso werden sie wahrgenommen. Was sie tun, bleibt. Es bleibt auch in Erinnerung.
Dass die bildungspolitischen Rahmenbedingungen für einen Unterricht, der das soziale Gefälle und die Perspektive zwischen den Kulturen ernst nimmt, in Deutschland noch immer denkbar schlecht sind, ist bekannt. Das gilt insbesondere für den Sprachunterricht, der sich nach wie vor an Muttersprachlern ausrichtet und

Migrantenkinder mit ihren speziellen sprachlichen Problemen weitgehend im Stich lässt. Hier grundlegende Änderungen einzufordern, damit endlich „der Knoten platzt", bleibt über die Bewältigung des Unterrichtsalltags hinaus auf der politischen Tagesordnung, und zwar in Stadt, Land und Bund. Dass in Deutschland nach wie vor nur etwa 40% eines jeden Jahrgangs ihr (Fach-) Abitur ablegen, in Skandinavien – den PISA - Gewinnern – 70 bis 80%, spricht für sich. Die Konkurrenzfähigkeit unserer Gesellschaft steht auf dem Spiel und damit ganz ernsthaft die Zukunft unserer Gesellschaft. Das haben die Politiker der im Bundestag vertretenen Parteien, will man ihren Worten glauben, erkannt.

Die Lehrerinnen und Lehrer, die sich in ihrem Unterricht mit Sinnfragen beschäftigen und die als Vertreter der christlichen wie nichtchristlichen Religionen mit Kindern und Jugendlichen zu tun haben, haben darüber hinaus aber noch eine besondere Verantwortung. Sie sind es nämlich, die als Brückenbauer vor vielen anderen Halt und Geborgenheit vermitteln können. Sie nehmen massiv Einfluss darauf, wie sich ihre Schützlinge im Verhältnis zu anderen Kulturen und Sinnangeboten definieren. Sie wirken integrativ oder auch nicht. Eine Brücke eröffnet bekanntlich Wege in zwei Richtungen. Bleibt also zu hoffen, dass die Zukunft beispielsweise bei Narges Shafeghati tatsächlich anklopft und auch sie so lieb grüßt, wie sie das allen Menschen wünscht (S.93).

Wirklich menschlich handelnde Behörden und Politiker

Eine dritte Gruppe, die eine Brückenbauerfunktion hat, sind diejenigen, die in den Verwaltungen und in der Politik mit jungen Menschen zu tun haben. Sie stellen vielfach ein „Nadelöhr" dar, an dem niemand vorbeikommt. Sie haben es in der Regel nicht einfach zu entscheiden zwischen der geltenden Gesetzeslage und menschlichem Ermessen oder überhaupt erst die richtigen Regeln aufzustellen. Was bietet ihnen Orientierung, um die richtigen Entscheidungen zu treffen? Wenn die Menschen vor ihnen sitzen mit ihren Sorgen und Ängsten einerseits und ihren Ansprüchen und Interessen andererseits? Jeder „Fall" ist anders.
Die Texte der Kinder und Jugendlichen, die sich mit diesem Problemfeld befassen, geben dazu eine klare Antwort, und zwar jenseits der immer mal wieder auftauchenden Frage, ob Zuwanderer, die schon lange unter uns geduldet werden, ein Bleiberecht erhalten sollen oder nicht. Wer nämlich das „kleine pädagogische Einmaleins" beherrscht, weiß, dass Kinder sichere Rahmenbedingungen brauchen, um wirklich wachsen und gedeihen zu können. Und da

ist jeder Monat existentieller Unsicherheit ein Monat zu viel, ein verlorener Monat. Die Betroffenen bleiben orientierungslos, weil sie nicht wissen, wo sie hingehören. Sie stehen unter einem ungeheuren psychischen Druck und sind deshalb kaum in der Lage, ihre volle Leistung zu erbringen. Jeder, der einmal mit Scheidungswaisen zu tun hatte, weiß das.

Zudem gelten für Kinder ganz andere Maßstäbe als für Erwachsene. Schon in den fünfziger Jahren hat der bekannte Anthropologe Heinrich Roth darauf hingewiesen, dass es für das Lernen sensible Phasen, sogenannte „fruchtbare Zeitpunkte" gibt (vgl. Heinrich Roth: *Pädagogische Anthropologie. Bd.I Bildsamkeit und Bestimmung*, Hannover, 3. Aufl. 1976, S.195). So fällt es Kindern vor der Pubertät sehr viel leichter, sich sprachliche Kenntnisse anzueignen, als danach, weil dann ein Großteil des Sprachvermögens bereits ausgeschöpft ist. Zudem sind bestimmte Wege des Lernens nicht mehr so ohne weiteres offen, das erfährt jeder Sprachlehrer in seiner tagtäglichen Praxis, wenn es um Rechtschreibung, Zeichensetzung und Grammatik geht. Lang anhaltende Unsicherheiten führen also auch auf dieser Ebene zu Beeinträchtigungen und Benachteiligungen, die nur schwer wieder auszugleichen sind.

Junge Menschen in ein für sie fremdes Land abzuschieben, ist zweifellos eine menschliche

Katastrophe. Es ist aber auch eine Verschleuderung von Ressourcen, wenn diese Jugendlichen vorher jahrelang in Deutschland zur Schule gegangen sind. Warum sollen sie nicht auch für dieses Land arbeiten, in dem sie ausgebildet wurden, und dafür Steuern zahlen? Bei einem funktionierenden Bildungssystem sind doch gerade sie es eigentlich, die aufgrund ihrer Position zwischen den Kulturen auf wirtschaftlicher Ebene vor vielen anderen selber eine Brückenfunktion einnehmen! Gerade sie sind es doch, die angesichts der Kinderarmut bei uns die Außenhandelsbilanz unserer Wirtschaft auch in Zukunft auf Weltmeisterschaftskurs halten können! Diese Fragen fordern dazu auf, gesetzlich vorgeschriebene Härtefallklauseln in diesem Umfeld und anderswo großzügigst in unser aller Interesse zu nutzen. Es ist Menschlichkeit im Sinne der UN-Kinderrechtskonvention gefragt, da darf sich niemand einfach nur hinter Gesetzen und Verordnungen verstecken. Schön ist es daher zu sehen, dass die Stadt Essen das humane Prinzip ernst zu nehmen versucht. Das belegt vor allem der Text, den Jasmin Kala eingereicht hat (S.91).

Echte Freunde
Eine vierte Gruppe, die für Kinder und Jugendliche Brückenbauerfunktion hat, sind die Menschen, mit denen sie befreundet sind, ihre Klas-

senkameraden und Spielgefährten. Sie sind auch mit ausschlaggebend dafür, ob die Integration in unsere Gesellschaft gelingt. Sehr viele Texte in der vorliegenden Anthologie beschäftigen sich mit ihnen. Sie sind diejenigen, die Impulse geben, Trost spenden, Rat geben und damit eine Orientierungsfunktion übernehmen. Sie sorgen im konkreten Alltag dafür, dass sich Migrantenkinder bei uns verwurzeln können. Ihre Integrationsleistung kann gar nicht hoch genug eingeschätzt werden! Ganz toll ist es daher, wenn jemand wie Dalia Muhssin in einfachen Worten mitteilt, sie habe ein paar Wochen nach ihrer Ankunft aus dem Irak in Deutschland Freunde gefunden. Das sei für sie wie ein neuer Morgen gewesen, und sie habe sich deshalb nicht mehr einsam gefühlt (S.61).

Wo bitte bleiben morgen unsere demokratischen Spielregeln?
Wenn sich Kinder und Jugendliche mit ihrer Zukunft auseinander setzen, so tun sie dies, den Texten zufolge, außerordentlich kritisch. Sie sehen sie eher mit Schrecken auf sich zukommen, hoffen aber auf ein positives Ende. Es wirkt teilweise wie im Märchen, eine Sichtweise, die sicherlich mediengeprägt ist. Menschlichkeit scheint in Zukunft nur noch ein Schattendasein zu fristen, wenn man Isabel Lüdtke Glauben schenken will (S.130). Sie gefährdet angeblich

das Überleben der Menschheit. Und für den erst zwölfjährigen Bastian Breil kann das Gute nur in einem erbitterten Kampf gegen das Böse siegen, wobei Sieger wie Besiegter das gleiche undemokratische Regierungsprinzip vertreten (S.141). Andere wie Sebastian Rose (S.136) oder Denise Schrade (S.143) konzentrieren sich lieber auf ihre Gegenwart.

Menschlichkeit als Wegweiser ins *Morgen*
Auf die Zukunft der jungen Generation bezogen, befindet sich die Stadt Essen wie alle Städte in Deutschland in einer Umbruchssituation. Auch ihr sind vom Finanzrahmen her enge Grenzen gesetzt, ist der Spielraum, den ihr das Land und der Bund eröffnen, beschränkt. Diesen gilt es zu nutzen, um ihn dann vielleicht zu erweitern oder gar zu sprengen.
Entscheidend ist aber, wie die Menschen überall, wo sie in Deutschland leben, miteinander umgehen. Sie sorgen in der Art und Weise, wie sie sich zu Hause und am Arbeitsplatz verhalten, dafür, welche Zukunft unsere Gesellschaft tatsächlich haben wird. Ob und inwieweit diese bis in den Alltag hinein demokratischen Spielregeln folgen wird oder nicht. Das ist es, was die jungen Autorinnen und Autoren vermitteln wollen. Jeder auf seine Weise. Manchmal etwas versteckt, doch unüberhörbar für jeden, der es

hören will. Besonders klar formulieren es Sascha Brandt und Florian Stadie, indem sie auch die Jugendlichen selbst in die Pflicht nehmen (S.169):

Wir alle sollten an einem Strang ziehen, uns gemeinsam den gegebenen Problemen stellen und sie hoffentlich zusammen lösen.

Dem gibt es nichts hinzuzufügen. Genau dazu möchte die Anthologie *Dann kam ein neuer Morgen* beitragen.

Artur Nickel

Dank

Bedanken möchten wir uns bei allen, die uns geholfen haben. Vor allem gilt unser Dank G. Eisel (Comenius-Schule), Angelika Lemcke (Hauptschule Bärendelle), Marianne Niehues (Frida-Levy-Gesamtschule), Dorothea Stach – Sochiera (Jugendamt Essen), Lydia Thierfeld (Erich Kästner-Gesamtschule) sowie Inka Jatta, Ali Lumma und Uwe Pfromm (ProAsyl/Flüchtlingsrat Essen). Sie haben in ihrem Umfeld vor vielen anderen das Projekt bekannt gemacht und die ihnen Anvertrauten zum Schreiben motiviert.
Sabine Schnick, der Leiterin der Jugendbibliothek Essen, danken wir für das Korrekturlesen, dem Leiter des Geest-Verlages Alfred Büngen für die zu jeder Zeit vertrauensvolle und konstruktive Zusammenarbeit.
Ebenso bedanken wir uns bei der G.D. Baedeker Stiftung, durch deren Spende der Druck von *Fremd und doch daheim?!* möglich wurde, so dass die Gewinne durch den Verkauf für den Druck von *Dann kam ein neuer Morgen* verwendet werden konnten.
Vor allem aber möchten wir uns bei den vielen Kindern und Jugendlichen aus Essen bedanken, die sich an diesem Buchprojekt beteiligt haben. Ohne sie wäre das alles nichts geworden.
Friederike Köster
Artur Nickel

Anhang

Die Herausgeber

Friederike Köster

Geb. 1967; Studium der Kommunikationswissenschaften, Kunstwissenschaften und Marketing an der Universität-Gesamthochschule Essen, M.A.. Wissenschaftliche Mitarbeiterin und Netzwerk-/ Projektmanagerin bei Lernwelt Essen. Zuständig für die systematische Verknüpfung von Schule und Kultur in der *KulturLernwelt*. Hg.: *Fremd und doch daheim?! Kinder und Jugendliche zwischen den Kulturen, Lesebuch der Lernwelt Essen* (ISBN 3-937844-99-6).

Artur Nickel

Geb. 1955; Autor und Lehrer in Essen; Gründer des *EssenerKulturGesprächs* und Initiator der *Essener Autorenschule* an der Erich Kästner–Gesamtschule; Mitglied der Lyrikfreunde in Wien; literarische Veröffentlichungen in Zeitschriften und Anthologien; Hg.: *Fremd und doch daheim?! Kinder und Jugendliche zwischen den Kulturen, Lesebuch der Lernwelt Essen* (ISBN 3-937844-99-6).

Die Autorinnen und Autoren

Al Shahwani, Hadel (18 Jahre)	66
Basaran, Fatih (15 Jahre)	59
Brojan, Batscho (15 Jahre)	60
Bolten, Marvin (12 Jahre)	62
Brähler, Michaela (19 Jahre)	21
Brandt, Sascha (19 Jahre)	169
Breil, Bastian (12 Jahre)	141
Conrad, Annika (15 Jahre)	68
Dia, Fiarid (19 Jahre)	27
Dietrich, Naomi (19 Jahre)	41
Dülger, Derya (16 Jahre)	151, 152, 161
Dunke, Matthias (20 Jahre)	23
Effling, Veronika (17 Jahre)	33
Eggert, Inga (20 Jahre)	166
Erdinc, Michael (19 Jahre)	25
Fahrenholt, Laura (10 Jahre)	148
Fydanidis, Verena (13Jahre)	17
Gaja, Kimete (Pseud.;17 Jahre)	116
Gerwarth, Kathrin (20 Jahre)	70
Gezer, Cüneyt (13 Jahre)	105
Giese, Christina (12 Jahre)	164
Giese, Philipp (10 Jahre)	57
Hajjam, Hanaa (15 Jahre)	29
Homekp, Yovoka (15 Jahre)	76
Hilser, Anja (19 Jahre)	129
Ivancenko, Tanja (15 Jahre)	35
Kala, Jasmin (Pseud.; 20 Jahre)	91
Kaulfuß, Gina (19 Jahre)	80, 147

Koch, Simon (17 Jahre)	50
Kraft, Nils (19 Jahre)	26
Kumar, Nisha (19 Jahre)	24
Lüdtke, Isabel (17 Jahre)	130
Marcinkowski, Anna (18 Jahre)	109
Matumona, Sandra (18 Jahre)	89
Meier, Vanessa (19 Jahre)	44, 103
Meinhardt, Melissa (19 Jahre)	78
Muhssin, Dalia (15 Jahre)	61
Nicowa, Dakmar (18 Jahre)	22
Okalo, Komba (17 Jahre)	124
Otto, Jasmin (18 Jahre)	149
Perschk, Thomas (17 Jahre)	46
Pluskota, Elena (16 Jahre)	64
Poerz, Alina (18 Jahre)	87
Rhamsoussi, Chaymae (11 Jahre)	19
Rose, Sebastian (12 Jahre)	136
Santal, Manal (Pseud.; 18 Jahre)	120
Savasan, Kübra (14 Jahre)	157
Schneider, Kim (Pseud.; 18 Jahre)	100
Schrade, Denise (18 Jahre)	106, 143
Schwartz, Christian (20 Jahre)	77
Semmo, Rabih (17 Jahre)	158, 160
Shafeghati, Narges (13 Jahre)	93
Skorobogatova, Anna (19 Jahre)	37
Slabu, Veronika (17 Jahre)	126
Spauszus, Virginia (18 Jahre)	20
Stadie, Florian (18 Jahre)	169
Talib, Azar (18 Jahre)	123
Telikostoglu, Antonius (13 Jahre)	119

Thoß, Stefan (19 Jahre)	153
Wenzel, Julia (18 Jahre)	73, 83
Wessel, Alisha (16 Jahre)	150
Wilting, Michael (17 Jahre)	40
Wüsten, Kerstin (19 Jahre)	98
Yildiz, Yonca (15 Jahre)	155
Yilmaz, Ufuk (13 Jahre)	157
Ziad Ody, Hassan (14 Jahre)	115